제9 귀여운 여자 라는 말보다
지혜로운 여자라는
말을 듣고 싶다

A WISE WOMAN IS WORTH GOLD

오 메이신 지음 · 남여명 옮김

도서
출판 선영사
www.sunyoung.co.kr

귀여운 여자 라는 말보다
지혜로운 여자라는
　　　　　말을 듣고 싶다

1판 1쇄 인쇄 1988년 12월 10일
1판 1쇄 발행 1998년 12월 20일
4판 1쇄 발행 2023년 7월 20일

지 은 이 / 오 메이신
옮긴이 / 남여명
펴낸이 / 김영길
편집, 디자인 / 김범석
일러스트 / 이용인
표지, 재킷 / 선영 디자인(SunYoung Design), 이용인
펴낸곳 / 도서출판 선영사

서울시 마포구 서교동 485-14 선영사
Tel 02-338-8231~2   Fax 02-338-8233
E-mail sunyoungsa@hanmail.net
등   록 1983년 6월 29일 (제02-01-51호)

ISBN 978-89-7558-185-4   03820

머리말

*사랑에 눈뜨던 20대 초반*이었다. 같은 기숙사에서 친하게 지내던 친구가 있었는데, 애인과 그렇게 잘 어울리고 다정하게 보이던 그녀가 어느 날 갑자기 그 애인과 헤어졌다. 알고 보니 부모님의 강력한 반대 때문이었다.

둘이서 헤어졌다 화해하고, 화해했다 헤어지고, 마지막으로 그녀가 다섯 번째로 헤어지자는 말을 했을 때 둘은 정말 완전히 헤어지게 되었다.

그러나 헤어지고 나서 자신의 그 행동이 진심이 아니었음을 깨닫고, 여자로서의 자존심도 버린 채 그 남자와 다시 화해하려고 노력했다. 그녀의 친구들은 진실한 마음으로 그를 감동시키라고 격려해 주고 많이 도와주었다. 그러나 유감스럽게도 실패하고 말았다.

*그 후 오랫동안 고통스러워하는 친구의 모습*을 보면서, 정말 목석이라도 감동할 그녀의 행동에 아무 반응도 없이 점점 더 멀리 멀어져 간 그 남자에 대해 왜 그럴까 하고 이해하지 못했다.

　대학의 어느 선배형과 결혼한 친한 선배언니에게 한국 남자와 결혼하겠다는 이야기를 꺼냈을 때 그 언니는 입을 크게 벌린 채 한동안 다물지 못했다.

　"어머 세상에! 중국 남자도 까다로워 함께 생활하기 힘든데 너 '남성 우월주의'의 대표적인 한국 남자와 결혼하면 견딜 수 있겠니? 네 선배 봐라. 결혼하기 전에 얼마나 씩씩하고 책임감 있었니. 그런데 지금은 내가 완전히 그의 보모가 돼버린 것 같아. 정말 너무나 실망스러워."

　조금은 원망스러운 듯이 말했다. 이 말을 들은 선배형은 허허 웃으며 말했다.

　"너희들은 남자에 대해 아는 게 뭐가 있니?"

　결혼 날짜가 점점 다가왔다. 친구나 선배들이 하나도 없는 낯선 땅에서 결혼생활을 하려면 위안이 될 어떤 지침서 같은 것이 필요하리라 생각했다. 그래서 서점에서 고른 게 바로 이 책이었다.

결혼 초기에는 둘만의 시간을 거의 갖지 못하고 정신없이 보냈다. 한국에서의 생활은 시간적으로 중국에서의 생활보다 개인적인 여유가 없었다.

중국에서 가져온 책 한 권 차분히 볼 여유도 없었으니, 그렇게 몇 달이 지났다. 그러나 내게 익숙했던 남편한테서 이해하기 어려운 낯선 것들이 하나 둘씩 나타나기 시작했다. 물론 큰 문제는 아니었지만, 그런 사소한 일들이 나를 속상하게 만들었다.

예를 들면 내가 묻는 말에 남편은 바로 대답하지 않고 꼭 몇 번을 계속 물어야 대답했다. 그리고 비가 오나 눈이 오나 하루 종일 집에서 남편만을 기다리곤 했다. 남편은 내가 어떻게 시간을 보내는지 상관없이 자기가 좋아하는 취미 활동(볼링 같은 것)에 한 번도 빠지지 않았다.

이런 일은 우리의 생활에서 자주 일어났다. 나는 납득할 만한 충분한 이유 없이 무조건 누구에게 순종하고 양보하는 것에 익숙지 않고 또 옳다고 생각하지도 않는다.

　특히 자기의 가장 가까운 사람에 대해서는 더욱 그럴 수 없다고 생각했다. 서로 이해하고 마음이 통해야 정이 들지, 무조건 일방적으로 참으면 서로간에 벽만 쌓이게 된다고 본다.

　하여튼 이런 결혼 초기의 속상하고 우울한 기분 속에 문득 오랫동안 잊고 지냈던 이 책을 기억하고 펼쳐보게 되었다.

　그런데 놀랍게도 바로 *이 책에서 나는 남편과 같은 남성에게서 볼 수 있는 특징 및 심리, 그리고 신체 언어 등의 비밀을 상세히 알게 되었다.*

　그것을 보고 나는 '이것이 바로 내 남편이구나, 바로 이런 점들 때문에 내 남편이 이런 행동을 하게 된 것이구나' 하고 깨닫게 되었다.

　그리고 그동안 풀지 못했던 의문들이 한꺼번에 시원스럽게 풀려 편안하고 가벼운 마음으로 그 이후에는 남편을 이해하면서 살게 됐다.

　나와 남편이 대화조차 할 수 없는 바쁜 생활 속에서 부부이자 친구로서 행복하고 사랑이 넘치는 결혼생활을 하는 데 대해

이 책은 많은 도움이 되어주었다.

　사실 이 책에서 알려주는 것은 어려운 학문이 아닌 아주 기본적인 현상과 인간으로서의 도리이다.

　하지만 20년 가까이 교육을 받고 스스로도 이런저런 지식을 많이 배웠는데도 이런 기본적인 것은 알지 못했다.

　이성간의 묘한 심리에서 신체 언어까지 100여 가지의 예를 들어 친구, 이성, 부부간에 원만하고 행복한 삶을 사는 지혜를 가르쳐 주는 이 책을 공부하면서 얼마나 크게 공감했는지 모른다.

　남녀 구별이 없는 중국 사회에서 어릴 때부터 남자들과 함께 공부하고 일했지만 남자에 대해서는 표면적으로 멋있다, 자상하다, 유머스럽다, 지식이 풍부하다, 일처리하는 능력이 있다, 운동을 잘 한다 등의 평가밖에 더 깊이 알지는 못한 것 같다. 물론 남자도 마찬가지이리라.

　이성 사이는 참으로 어렵고도 쉬운 관계라고 생각한다. 부부 사이도 마찬가지로 잘 안다 해도 실상은 모르는 것이 많다.

　상대방의 심리와 장·단점을 알 수 있으면 모든 것을 항상 자기가 원하는 대로 잘 풀어갈 수 있는데, 상대에 대해 모르면 아무리 애를 써도 소용이 없다.

　사랑하고 있는 남녀들에게, 사랑을 받지 못하거나 삼각 관계에 빠져 고통받고 있는 남녀들에게, 오래 사귀거나 결혼한 지 오래돼서 서로 사랑의 열정이 식어 생활에 대해 지겨워하고 있는 사람들에게 간단하지만 *우리가 생각지 못한 상대방의 묘한 심리와 문제를 해결하는 방법들*을 이 책은 우리에게 재미있게 가르쳐 준다.

　정규 교육과정을 거치지 않고 혼자서 남편의 도움을 받아가며 한국어를 배운 지 1년도 안 된 내가 이런 책을 번역한다는 무리함 속에서도 번역하는 과정에 힘과 용기를 준 분들이 많이 있다.

　하루 종일 직장에서 일하고 늦게 귀가한 후에도 불평 없이 기꺼이 도와준 남편, 그리고 원고 정리를 해준 권성자 언니, 이 책을 내준 도서출판 선영사 사장님께 진심으로 감사드린다.

독자 여러분은 이 책을 참고로 하여, 인생에서 한(恨) 같은 것을 갖지 않고 행복한 삶을 이루어 가기 바란다.

옮긴이

남 여 명

차례

여자의 눈에는 행복이 있다

차례

사람을
사랑한다는 것

귀여운 여자 라는 말보다
지혜로운 여자 라는
말을 듣고 싶다

여자의 눈에는 행복이 있다

어느 한 남자에게 빠져 사랑의 포로가 되면
자유가 없어질까 두려워하거나 싫어하지 말라.
한 남자를 사랑하게 되면 외적으로 자유가
상실된 것처럼 보일지 모르고 자신만의 시간을
잃어버렸다고 생각될지 모르지만,
오히려 마음의 안정으로 인해 더 아름답고
자유스러운 세계를 얻게 된다.

누가 봐도 매력적인 여자

*남성들이 매력을 느끼는 여성*에게는 공통적인 특징이 있다. 물론 사람마다 성격이나 취향이 다르기 때문에 바라는 여성상을 한마디로 단정짓기는 어렵다. 그러나 '이런 여성이라면 누구라도 사랑하지 않을 수 없다'라고 하는 보통 남성들의 이상적인 배우자는 어떤 모습인지 알아보자.

　남자에게 한없이 섬세하고 부드럽게 대하면서도 *독특한 개성을 가진 그 여자.* 이런 여성이라면 아마도 대개의 모든 남성들이 매력을 느낄 것이다. 그러나 이런 여성은 결코 아무에게나 무조건 순종하는 타입이 아니며, 대부분 그녀 자신만큼이나 부드럽고 자신만큼이나 독특한 남성에게 관심을 쏟는 것이 일반적이다.

　보통의 남자들은 고전적이라고 할 만큼 다소곳한 외모에 소란스럽지 않은 행동과 수수한 화장으로 미소를 머금은 여성에게 더 큰 매력을 느낀다.

　그들은 아직도 단발보다는 긴 생머리를, 바지보다는 단아한

귀여운 여자라는 말보다 지혜로운 여자라는 말을 듣고 싶다

남자에게 한없이 섬세하고 부드럽게 대하면서도 독특한 개성을 가진 그 여자. 이런 여성이라면 아마도 대개의 모든 남성들이 매력을 느낄 것이다.

원피스를, 그리고 요란한 화장과 진한 향수 냄새보다는 한 듯 안 한 듯 가볍게 화장한 비누향이 나는 여자를 더 좋아할 것이다. 거기에다 깊은 사고력과 지혜로움까지 갖춘 여자라면 더더욱 사랑하고 싶은 여자가 된다.

자신의 일과 역할에 최선을 다하며 자랑스럽게 여기는 여성, 다양한 계층의 친구들과 건강한 교우관계를 유지하는 여성, 사랑하는 남자를 위해 가끔은 그가 혼자만의 시간을 가질 수 있도록 배려하는 여성, 이런 여성을 만난 남성이라면 누구라도 사랑의 포로가 되지 않을 수 없다.

현대적인 사고방식을 지닌 동시에 전통적인 관습과 도리를 알고 그것을 받아들여 주는 *지혜로운 여성에게서 남자들은 존경에 가까운 매력을 느낀다고 한다.* 그것은 자신의 개성을 잃지 않으면서도 상대방의 환경에 대해 인정하고 수용할 줄 아는 배려의 마음을 지녔기 때문이다.

이런 남자를 사랑하고 싶어요

　요즘 젊은층에는 감정이 풍부하면서 예민하고 섬세한, 이른 바 *감성형의 남자들*이 많은 것 같다. 이런 타입의 남성은 쉽게 사랑하고 쉽게 상처받으며, 또 쉽게 새로운 사랑을 찾아 나선다. 이들이 공통적으로 가지고 있는 성격적인 특성과 행동을 한번 살펴보자.

　우선 두드러진 성격적 특징은 그들 대부분이 낭만적이고 창의력이 있으며 모든 일에 솔직하다는 것이다. 그래서인지 순간적인 감각에 따라 행동하는 성향이 강하다. 또한 감정의 기복이 심하기도 하다. 금방 기분이 좋다가도 사소한 일로 흥분하고 화를 낸다.

　정서가 안정되어 있지 않다고도 이야기할 수 있는 것이다. *이런 타입의 남성을 사로잡는 가장 최선의 방법*은 마찬가지로 솔직해지는 것이다. 느낌 그대로 솔직하게 표현하고 자신의 의사를 분명하게 밝히는 것이다.

　그들은 성격상 자기와 통한다고 생각되는 사람하고만 지내려

귀여운 여자라는 말보다 지혜로운 여자라는 말을 듣고 싶다

두드러진 성격적 특징은 그들 대부분이 낭만적이고 창의력이 있으며 모든 일에 솔직하다는 것이다. 그래서인지 순간적인 감각에 따라 행동하는 성향이 강하다.

고 하며, 자신의 모든 느낌과 감정을 쏟아부을 수 있는 둘만의 세계에 빠지기를 좋아한다. 이런 *감성형 남자들은 대부분 미식가이며 신체 언어(Body language)로 자신의 감정을 표현하*는 데 능숙하다. 그가 외향적이라면 주변에 여자친구가 많을 것이며, 감정조절에 잘 단련되어 있지 않아 상대방을 당황시키는 일도 자주 연출할 것이다.

반면, 남과의 갈등이 생겼을 경우 오래가지 않으며, 먼저 사과하거나 쉽게 용서하고 금세 풀어진다. 그들은 상대방의 기분이 나쁘거나 우울하면 금세 영향을 받아서 침체되었다가도, 상대방의 기분이 좋아져서 웃으면 언제 그랬냐는 듯 함께 웃으며 즐거워한다.

이런 타입의 남자를 사랑하고 있는 당신이라면 상대가 기분이 침체되어 있을 때 그것을 바꾸기 위해 강제적으로 무슨 일을 시키지 말아야 한다. 우선 그의 기분이 풀어질 때까지 조용히 기다리는 것이 좋다. 그 다음에 자신의 기분과 함께 요구하고 싶은 것을 상대방에게 이야기하면 대개 이루어진다.

상대가 포근한 감정을 느끼도록 배려해 주세요

요즘 여성들은 자기가 좋아하는 타입의 남자를 발견하면 거리낌없이 먼저 접근하는 것이 보통이다. 그것을 나쁘다고 보진 않는다. 단지 안타까운 것은, 많은 여성들이 너무 급하게 적극성을 띠어 남자로 하여금 당황하여 멀리 도망가게 만든다는 점이다.

이런 경우를 당해본 여성이라면 아마도 대단히 허탈한 심정과 함께 죽고 싶은 기분이 들었을 것이다.

한 예로 어떤 여성의 경우, 둘의 관계를 너무 빠르게 진행시켜 가며 공개적으로 그의 아내처럼 보이게 행동하거나 그에게 사랑을 먼저 고백하며 '당신의 아이를 갖고 싶다'라는 말까지 서슴없이 하는 것을 보았다. 이것은 *새로운 만남을 갖게 된 여자들이 범하기 쉬운 잘못된 행동*이다.

이렇게 되면 정말이지 남자들 대부분은 당황하며 주춤거리다가 저만치 멀어진 당신이 될 것이다. 감정이란 자연스럽게 발전하는 것이지, 상황을 만든다고 깊어지거나 좋아지는 것이 아니기 때문이다.

귀여운 여자라는 말보다 지혜로운 여자라는 말을 듣고 싶다

개성을 잘 표현하면서 단정한 느낌을 줄 수 있
는 복장이 상대방으로 하여금 편안하고 자연
스러운 모습으로 느껴지게 만들기 때문이다.

상대방의 감정도 당신과 같은지, 그 감정이 발전하여 사랑하
는 마음까지 갖게 됐는지에 대한 확신도 없이 무조건 상대를
자기의 결혼 상대자로 생각하는 것은 무모하고 바보스러운 짓
이다. 감정 문제는 아주 민감하여 한때 너무 성급해서 잘못 판
단한 행동의 결과가 나중에 큰 상처로 돌아오는 경우가 많기
때문이다.

데이트를 할 때 옷에 신경을 써야 하는 것은 당연한 일이지
만, 너무 야하거나 화려하게 입지 않는 것이 좋다. 상대방에게
옷에 신경썼다는 것을 가급적 눈치채지 못하게 하면서도 예의
를 갖추기 위해 차려입었다는 정도로만 인식하게 하는 것이
좋은 것이다.

왜냐하면 개성을 잘 표현하면서 단정한 느낌을 줄 수 있는 복
장이 상대방으로 하여금 편안하고 자연스러운 모습으로 느껴
지게 만들기 때문이다.

화장을 너무 진하게 해서 자연스러운 자신의 얼굴을 감추는
것 역시 좋지 않다. 남자들이 화장을 멋지게 하고 야한 옷을

말이 너무 많은 것 역시 좋지 않다. 모든 것을 말로 표현하는 것보다 때때로 조용한 침묵으로 일관하는 것이 더 효과적일 수 있다.

입은 여자를 보기 좋아라 하는 것은 사실이지만, 자기와 가장 가까운 사람, 즉 '내 여자'라고 생각하는 상대가 그런 차림을 하고 다니는 것은 싫어한다. 대신에 *생기가 도는 맑은 피부 위에 가벼운 메이크업이 된, 아침이슬 같은 여자가 오히려 남자의 마음을 끈다.*

말이 너무 많은 것 역시 좋지 않다. 모든 것을 말로 표현하는 것보다 때때로 조용한 침묵으로 일관하는 것이 더 효과적일 수 있다.

물론 너무 말이 없는 것도 좋지 않기는 마찬가지다. 서로의 성격이나 취미를 알기도 전에 침묵하는 당신의 이미지가 굳어진다면 대화가 끊어지고 서먹서먹하게 되는 것은 불을 보듯 뻔하다. 그는 당신이 자신을 부담스럽게 여긴다고 생각할 것이기 때문이다.

또 아무리 편한 사이라 해도 술을 마시고 자제력을 잃는 행동을 보이는 것은 좋지 않다. 이것 역시 남자들의 이중성에 속하는 문제로, 자기와 관계 없는 여성이라면 술에 취해 예의에 벗

귀여운 여자라는 말보다 지혜로운 여자라는 말을 듣고 싶다

너무 야하거나 화려하게 입지 않는 것이
좋다. 상대방에게 옷에 신경썼다는 것을
가급적 눈치채지 못하게 하면서도
예의를 갖추기 위해 차려입었다는
정도로만 인식하게 하는 것이 좋은
것이다.

어난 행동을 한다 해도 너그러운 척 받아주지만, 자기가 호감
을 가지고 있는 여성이 그런 행동을 하면 절대 용납하지 못하
며 크게 실망하기 때문이다.

첫 만남에서의 지혜로운 에티켓

*호감을 갖고 있는 사람과의 첫 데이트 약속*이 이루어졌을 때는 누구라도 긴장하며 흥분될 것이다. 그리고 이러한 기회를 이용해 둘 사이를 좀더 가깝게 만들고 싶은 소망을 품게 될 것이다.

그러나 안타깝게도 현실은 많은 남녀들이 첫 만남에서 상대방에게 호감을 주지 못할 뿐더러 오히려 당황하게 만들어서 좋은 기회를 놓치는 경우가 종종 있다.

앞으로 계속 *좋은 관계를 지속하기 원한다면* 다음 사항에 주의하도록 한다.

먼저, 상대방과 만났을 때는 자신감을 갖는 것이 무엇보다 중요하다. 자신의 그 어떤 조건도 상대방보다 나쁘지 않다고 믿어야 한다. 자신을 사랑하지 못하는 사람은 다른 사람의 사랑 또한 받을 자격이 없다. 자신을 자랑스러워함을 상대방에게도 보여주어 그 역시 마찬가지로 당신을 좋아할 수 있도록 해야 한다.

귀여운 여자라는 말보다 지혜로운 여자라는 말을 듣고 싶다

상대방과 만났을 때는 자신감을 갖는 것이 무엇보다 중요하다. 자신의 그 어떤 조건도 상대방보다 나쁘지 않다고 믿어야 한다.

또 첫 만남에서 너무 긴장이 될 때는 이렇게 생각해 본다. '상대방도 나와 마찬가지로 긴장되어 있을 것이다'라고.

그리고 상대방에게 솔직히 '오늘 좀 긴장이 되네요'라고 말한다. 상대방은 분명히 공감할 것이며, 함께 긴장을 풀도록 노력할 것이다.

첫 대화에서는 개인적인 문제에 대한 이야기를 나누지 않도록 주의한다. 대신 자연스러운 분위기를 이끌며 가볍고 공통적인 내용을 화제로 삼는 것이 좋다. 서로의 취미라든가 현재 상영중인 영화나 연극 얘기 등이 있을 것이다.

현재 상대방은 친구일 뿐이며 결혼 상대자가 아니라는 생각을 갖도록 한다. 그렇지 않으면 긴장한 나머지 이상한 행동을 하게 되고, 그러면 상대방도 당황하여 일부러 당신과 멀어지려고 할 것이다.

상대방이 가진 취미라든가 특기를 알게 되면 칭찬을 해서 자기가 그에 대해 호감을 갖고 있다는 것을, 그리고 그와 함께 지내는 시간이 즐겁다는 것을 암시하도록 한다.

또 첫 만남에서 너무 긴장이 될 때는 이렇게
생각해 본다. '상대방도 나와 마찬가지로 긴장되
어 있을 것이다'라고.

　첫 만남이기 때문에 상대방의 느낌을 알 수 없다 해도 첫 대
면부터 나이트클럽 같은 곳을 데이트 장소로 가는 것은 삼가
도록 한다. 이런 곳을 가게 되면 혹시라도 자신의 흐트러진 모
습을 보여주게 되기 십상이므로 좋은 인상을 주기 어렵다.
　당신이 여성이라고 첫 만남에서 반드시 수동적인 입장에 있
어야 하는 것은 아니다. 주말에 영화구경을 하자든지, 저녁 식
사를 함께 하자는 제의 정도는 먼저 이야기를 꺼내도 상대방
에게 긍정적인 호감을 받을 수 있다.
　그것으로 인해 상대방은 당신의 의중을 파악하여 당신에게
좀더 적극적인 태도를 보일 수 있기 때문이다.

귀여운 여자라는 말보다 지혜로운 여자라는 말을 듣고 싶다

사랑을 잡으려면 먼저 풀어놓으세요

　요즘 여성들은 과거 여성들과는 달리 남자들에 대해 정확하게 파악하고 대처하는 편이다. 남자들에 대한 세밀한 심리 연구를 통해 밝혀진 바에 따르면 *'남자를 잡으려면 먼저 풀어놓아야 한다'*는 지혜로움을 터득해야 한다는 점을 알 수 있다.

　다음에 열거된 예들이 '남자를 먼저 풀어놓는 방법'이며, 이것을 염두에 두고 남자를 대한다면 그의 마음을 통째로 사로잡을 수 있다.

　◆ 상대방에게 카드나 편지 등을 먼저 보내지 않도록 한다. 선물도 마찬가지다. 남자들은 자신이 상대에게 가진 관심보다 상대가 자신에게 더 많은 관심을 가지고 있다고 판단되면 일종의 두려움을 가지고 하루빨리 당신 눈앞에서 사라지려 하기 때문이다.

　◆ 모든 약속을 자신이 먼저 정하는 것 역시 좋은 방법이 아니다. 상대로 하여금 당신과 어떻게 시간을 보낼 것인지 생각하게 하고, 당신의 의견을 물어보도록 유도한다. 그때 당신의

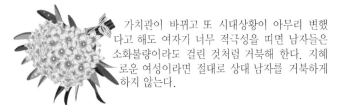
가치관이 바뀌고 또 시대상황이 아무리 변했
다고 해도 여자가 너무 적극성을 띠면 남자들은
소화불량이라도 걸린 것처럼 거북해 한다. 지혜
로운 여성이라면 절대로 상대 남자를 거북하게
하지 않는다.

의견을 조심스럽게 제시하고 상대가 그것을 존중해 주는지 알
아보는 것이 중요하다.

어떤 경우라도 여자가 결정하는 대로 따라하는 것을 좋아할
남자는 없다. 입장을 바꾸어 *당신이 모든 일을 혼자 결정하기*
좋아하는 여자라는 것을 안다면 상대방은 당신을 쉽게 포기
해 버릴 것이다.

◈ 상대방에게 먼저 전화를 해서 약속하지 않도록 한다. 만
약 여자가 먼저 남자에게 전화를 걸고 약속을 재촉한다면 그
남자는 여자가 초조해 한다고 여길 것이다.

가치관이 바뀌고 또 시대상황이 아무리 변했다고 해도 여자
가 너무 적극성을 띠면 남자들은 소화불량이라도 걸린 것처럼
거북해 한다. 지혜로운 여성이라면 절대로 상대 남자를 거북
하게 하지 않는다.

◈ 상대방의 요청에 대해 'NO'라고 말하는 것을 두려워하면
안 된다. 만약 상대가 당신에게 전화를 걸 때마다 당신을 만날
수 있다면 상대방은 당신이 항상 전화를 기다리고 있었다는

귀여운 여자라는 말보다 지혜로운 여자라는 말을 듣고 싶다

가끔 일부러라도 반대의견을 제시하고 때로 말싸움을 하는 것도 상대로 하여금 당신을 더 좋아하게 만들 수 있는 방법이다.

느낌을 가질 것이다.

　그럴 경우 상대 남자가 '우리 함께 영화보러 가자'고 청해 올 때 '선약이 있어서 시간을 낼 수 없다'라고 한번 거절해 보라. 상대 남자는 당신에 대해 분명히 한 번 더 생각하게 될 것이다.

　◈ 남자의 모든 생각과 의견에 무조건 따른다는 인상을 주지 말아야 한다. 이럴 경우 남자들이 잠깐 동안은 만족감을 느낄지 몰라도 당신에 대해 개성 없고 주관도 없는 여성으로 단정짓기 쉽다.

　그러니까 가끔 일부러라도 반대의견을 제시하고 때로 말싸움을 하는 것도 상대로 하여금 당신을 더 좋아하게 만들 수 있는 방법이다.

　◈ 상대방에게 잘 보여야 한다는 생각으로 모든 말과 행동을 그에게 맞추지 말라. 가끔 당신이 상대방에게 별 관심이 없으며, 또 상대방이 자신에 대해 어떻게 생각하는지 신경쓰지 않는다는 것을 표현하는 것도 그의 마음을 사로잡을 수 있는 좋은 방법 중 하나이다.

매력적인 여성보다 지혜로운 여자

　과거의 많은 남성들은 여성의 부드럽고 순종적인 면을 강조하며 그런 여성을 찬미의 대상으로 여겼다. 그리고 여자가 완전히 남자에게 의지할 때라야만 남자의 마음을 사로잡을 수 있으며, 곁에 붙잡아 둘 수 있다고 생각했다.

　그러나 그건 이제 옛말이 되었다. 지금은 그런 생각이 많이 달라졌을 뿐 아니라 남녀간에 대한 의식 구조도 점차 확대되는 추세다.

　현대는 여자가 너무 의존적이거나 남자의 보살핌 없이 살 수 없는 것처럼 행동하면 오히려 호감을 받지 못한다. 결론적으로 요즘 남성들은 그런 타입의 여성들을 기피하고 있는 것이다. 따라서 *현대 남성들의 마음을 사로잡는 지혜로운 여자란* 다름아닌 성격이 강하고 독립심과 진취성을 가진 적극적인 여성이다.

　무엇이 남성들로 하여금 이런 변화를 가져오게 했을까? 현대의 남성들은 왜 옛날과 다르게 성격이 강한 여성들을 좋아하게 되었는가?

귀여운 여자라는 말보다 지혜로운 여자라는 말을 듣고 싶다

현대 남성들의 마음을 사로잡는 지혜로운
여자란 다름아닌 성격이 강하고 독립심과
진취성을 가진 적극적인 여성이다.

*'남자는 잡초, 여자는 가위'*라는 외국 속담이 하나 있다. 이
말이 품는 뜻은 간단하다. 잡초처럼 질서 없이 자라나는 남자
들은 여성이라는 예리한 가위가 일정하게 자르고 다듬어 주어
야 멋진 잔디가 된다는 말이다.

현대의 남성들에게는 단지 곁에만 있어주는 애인이나 아내뿐
만 아니라, *또다른 능력을 가진 제3의 그녀*가 필요하게 된 것
이다.

현대는 경쟁사회이다. 남성들은 빠르게 변신하며 발전하는
시대에 발맞추어 나아가야 한다. 그러려면 복잡한 사회생활의
선두주자가 될 수 있게끔 자신을 도와줄 내조자와 동반자, 그
리고 항상 좋은 충고와 조언을 해줄 수 있는 사람이 필요하다.
이런 의미로 보면 시야가 좁고 사회 변화에 뒤떨어지는 살림
만 잘하는 여자가 더 이상 남자들의 관심의 대상이 되지 않는
건 어쩌면 당연하다.

자신의 사회생활도 성공적으로 해나갈 뿐더러 남편이 사회적
인 지위를 유지하게끔 지원을 아끼지 않는 여성, 언제나 조리

남성들은 여성에게 정서적인 만족이나 마음의 안정만을 원하는 것이 아니라, 여성의 보이지 않는 지혜와 이해도 필요로 한다.

있게 행동하는 똑똑하고 지혜로운 여성, 부엌에서는 최고의 요리사, 연회석상에서는 최고의 리더가 될 수 있는 여성이 현대 *남성들 사이에서 새롭게 탄생한 매력적인 여성상*으로 자리잡게 되었다.

남성들은 여성에게 정서적인 만족이나 마음의 안정만을 원하는 것이 아니라, 여성의 보이지 않는 지혜와 이해도 필요로 한다. 바로 *인간적인 면과 사회적인 면 모두를 충족시켜 줄 수 있는 전천후 아내*를 뜻하는 말이다.

만약 당신이 이런 모든 것을 골고루 겸비한 재능있는 여성이라면 남자에게 믿음직한 친구 같은 애인이 되도록 하는 것이 좋을 것이다.

남자의 그늘에서 남자의 그림자를 기다리는 애인이기보다는 그의 오랜 남자친구 같은 입장이 되어 그가 부족한 부분, 그가 필요로 하는 부분이 무언지 알아내어 조언과 함께 격려를 해 주는 것이 필요하다. 그 뒤에 자연스럽게 찾아오는 것은 다름 아닌 그의 열정적인 사랑이기 때문이다.

귀여운 여자라는 말보다 지혜로운 여자라는 말을 듣고 싶다

여자의 마음보다 독한 것은 아무것도 없다

여자는 태어날 때부터 감정이 풍부할 뿐더러 그것을 아주 소중하게 여긴다. 그 중에서 사랑이라는 감정은 자기 목숨보다도 훨씬 중요하게 생각한다. 그래서 *여자들은 한 남자를 진실로 사랑하게 되면* 혹시 상대방이 자기에게 솔직하지 않거나 충실하지 않은 행동을 했더라도 용서한다. 오직 사랑하는 사람이 곁에 있어주기만을 바란다.

대부분의 사람들은 여성들의 감정에 대해 이와 같은 편견을 가지고 있다. 그래서 여성들이 모든 면에서 잘 참아내고 너그러이 받아줄 거라는 생각을 하고 있으며, 그것이 여성들의 감정을 무시하는 것으로 종종 비약되고 있는 것이다. 그러나 사실은 어떤 부분에 있어서 여자들이 더 강하고 무서운 면이 있다는 것을 알아야 한다.

바로 다음에 언급하는 것들은 남성들이 여성에게서 잘 모르는 면이며 또한 무시하기 쉬운 점들이다.

여자들은 자신이 현재 사랑하고 있는 남자가 용기도 없고 일

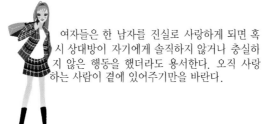

여자들은 한 남자를 진실로 사랑하게 되면 혹시 상대방이 자기에게 솔직하지 않거나 충실하지 않은 행동을 했더라도 용서한다. 오직 사랑하는 사람이 곁에 있어주기만을 바란다.

처리에 끊고 맺음이 분명하지 않은 사람이라고 판단되면 미련 없이 곁을 떠난다.

여자에게 포용심이 많은 것은 사실이지만 상대방이 계속해서 실망만 안겨주어, 마침내 헤어지려는 마음을 일단 먹으면 다시 그녀의 마음을 되돌리기는 어렵게 된다. 그래서 속담에 '마음이 죽는 것보다 더 슬픈 일은 없다'는 말도 있다.

평소에는 여자들이 귀여운 새끼고양이처럼 순하고 부드러울지 모르지만, 남자들이 여자들을 아끼고 사랑해 주지도 않으면서 모든 일에 감정을 무시하여 참을 수 없게 만들면, 여자들은 무서운 호랑이로 변하여 반격할 것이다.

여자들은 자신이 사랑하기로 결정한 남자에 대해서는 완전히 자신을 잊고 모든 사랑과 감정을 상대방에게 쏟는다. 그러나 그런 여자의 마음을 헤아려 주지 못해 여자가 그의 곁을 떠나게 된다면 그땐 남자가 아무리 무릎 꿇고 사과하며 빌어도 아무 소용이 없다.

여자는 태어날 때부터 기억력이 강하다. 그러므로 결과에 대

귀여운 여자라는 말보다 지혜로운 여자라는 말을 듣고 싶다

여성에게 쉽게 약속을 해서는 안 된다. 그렇
지 않을 경우 여자들은 속았다는 생각과 함께
그녀의 마음 속에 남겨준 좋은 인상들을 완전
히 바꾸어 버릴 것이다.

한 보장이 확실하지 않은 일에 대해서는 여성에게 쉽게 약속
을 해서는 안 된다. 그렇지 않을 경우 여자들은 속았다는 생각
과 함께 그녀의 마음 속에 남겨준 좋은 인상들을 완전히 바꾸
어 버릴 것이다.

　그러므로 여자들의 감정을 가볍게 보고 무시하는 행동을 하
지 않도록 하라.

　일단 남자가 여자의 마음에 미움을 심어놓게 되면 남성들은
크게 당황하게 될 일이 발생할 것이다. *중국 속담에 '여자 마
음보다 더 독한 것은 없다'라는 말이 있다는 사실을 알아야
한다.*

감정을 자연스럽게 드러나게 하려면

대부분의 여자들은 애인에게서 끊임없는 사랑을 받기를 원한다. 또한 자신의 감정을 대화를 통해 상대방과 함께 나누기를 좋아한다. 그래서인지 많은 여성들이 항상 상대방에게

'나를 사랑하나요?'

'당신은 우리 둘만의 시간을 갖는 것을 어떻게 생각하세요?'
라고 묻기를 좋아한다.

그러나 남성들은 그렇게 자신의 감정을 말로 표현하는 것에 익숙하지 않아서 직접적인 말보다는 간접적인 표현으로 상대 여성에게 감정을 전달하려고 애쓴다.

그러므로 여자들은 자꾸 말로써 상대방이 표현하기를 강요하는 것보다 그와의 *공통적인 취미 생활 등을 통해 감정을 나누고 느끼는 법을 알아야 한다.*

다음에 설명하는 것들은 남자들에게 자연스러운 방법으로 자신의 감정을 표현하게 만들 수 있는 효과적인 방법이다.

우선 당신이 먼저 자신의 걱정거리나 고민을 이야기하고 그

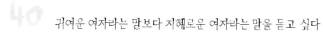
귀여운 여자라는 말보다 지혜로운 여자라는 말을 듣고 싶다

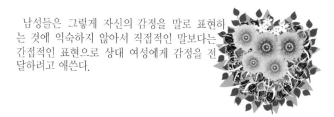

남성들은 그렇게 자신의 감정을 말로 표현하는 것에 익숙하지 않아서 직접적인 말보다는 간접적인 표현으로 상대 여성에게 감정을 전달하려고 애쓴다.

의 의견이나 좋은 해결책을 물어본다면, 상대방은 자연스럽게 당신이 자신을 믿고 있다는 생각을 가지게 되어 자신의 생각도 마찬가지로 솔직하게 이야기할 것이다.

또는 그와 함께 감상했던 영화나 한 권의 책, 아니면 그날의 뉴스 등 재미있는 이야기를 화제로 삼아 자연스럽게 이야기를 나눈다. 그러다 보면 공통적인 이야기 속에서 그가 가진 사회 현상에 대한 관점이 저절로 나오게 될 것이다.

이럴 때 *당신은 상대방의 이야기를 잘 들어주고 있다는 태도를 보여주어야 한다.* 그래서 그의 말 속의 숨은 뜻까지도 잘 헤아리고 이야기해 줄 때 비로소 상대방은 당신이 자신과 같은 공감대를 가지고 있다는 느낌을 갖게 되고 더 많은 이야기를 꺼내게 된다.

물론 말로 나타나는 것만으로 모든 것을 지레짐작해서는 안 된다. 또한 남성의 신체 언어도 주의해서 파악하고 잘 알아들어야 한다.

남자들이 감정 표현에 인색하다는 것은 앞에서도 언급한 바

가 있다. 그러므로 그 문제를 가지고 상대방에게 원망을 늘어
놓거나 불만을 품는다면 그것이 서로의 감정을 상하게 하는
가장 큰 요인으로 작용한다.

귀여운 여자라는 말보다 지혜로운 여자라는 말을 듣고 싶다

남자는 쉽게 변하려 하지 않아요

아무리 사랑하는 연인끼리라도 매일 부딪치게 되면 불쾌한 감정들이 생길 수 있다. 이럴 때 대부분의 여성들은 *'어떻게 그를 변화시킬 수 있을까?'*라는 생각부터 갖는다. 이것은 크나큰 착각이요 잘못된 생각이라 할 수 있다.

왜냐하면 남성들은 절대로 쉽게 변화되는 동물이 아니기 때문이다. 그들은 상대 여성이 변화하는 태도를 확인하고서야 비로소 천천히 자신의 변화를 고려해 본다.

다음의 몇 가지 예는 보통 여성들이 생각하지 못했던 *보편적인 남성 심리*이다. 이것은 결코 간과해서는 안 될 중요한 것들이다.

우선 남성들이 자신의 감정을 표현하는 방식은 여성들과 전혀 다르다. 그들은 항상 말 없이 자신의 방식대로 상대 여성을 공략한다.

문제는 여기에서 시작된다. 유감스럽게도 여성들은 이런 표현 방식을 잘 이해하지 못할 뿐더러 좋아하지도 않기 때문이다. 여성들은 표면적으로 잘해 주고 사랑한다는 말을 직접 해

주어야만 안심하고 좋아한다.

반면, 남자들은 여자가 자신에게 사랑한다는 말과 존경한다는 말을 끊임없이 속삭여 주기를 원한다. *총명하고 지혜로운 여성이라면 상대방에 대한 사랑의 감정 표현을 절대로 아끼지 않을 것이다.*

대부분의 남성들은 여자가 너무 강하게 변화를 요구하면 멀리 도망가지만, 부드럽고 애교있게 요구하는 것에 대해서는 대부분 들어주게 된다.

그러므로 남자에게 당신을 위해 자신을 변화시키라고 강제로 요구하지 말라. 그보다는 당신이 먼저 그에 대한 사랑을 진정으로 표현하여 그로 하여금 스스로 당신을 더 아끼게 만드는 것이 좋다.

세상에는 상대 여성의 눈에 자신이 사기꾼같이 보이는 것을 좋아하는 남자는 하나도 없을 것이다. 그렇기 때문에 상대 남성으로 하여금 그가 당신의 큰 신뢰를 얻고 있으며, 그의 일에 당신이 대단히 만족스러워하며 능력을 인정하고 있다는 것을

귀여운 여자라는 말보다 지혜로운 여자라는 말을 듣고 싶다

알 수 있게 해주는 것이 매우 중요하다.

　남성들은 상대 여성이 자신을 진심으로 사랑하고 영원히 자신에게 충실할 것을 알게 되면 자연스럽게 상대방을 아껴야 한다는 것을 깨닫고, 상대를 위해 자신을 변화시키려는 노력을 시작할 것이다.

남자를 강하게 리드하면 어떻게 될까?

　여권신장운동이 전세계적으로 일어나 점점 확산되고 자리를 잡아가는 현대사회에서는 남성들 사이에 여성의 존재를 장난 감이나 자신의 전유물로 생각하는 잘못된 사고는 이미 사라진 지 오래되었으며, 또한 *여성들이 남성을 성스럽고 절대적인 상징으로 생각하는 것은 이미 오래 전에 사라졌다.*

　그러면 당신은 어떠한가? 당신은 남성을 꼼짝 못하게 하는 타입인가? 그리고 모든 일에 자신감을 가진 여성인가?

　만약 당신이 아래와 같은 부류에 속하는 여성이라면 어떠할까?

◆ 당신이 키가 크고 멋있게 생긴 남자와 사귀는 목적은 단지 친구들로부터 선망의 대상이 되고 질투하게 만들고 싶어서이다.

◆ 당신이 가장 좋아하는 남자는 말을 잘 듣고 순종하는 성격을 가진 남자이다. 그렇기에 당신은 당신의 애인이 퇴근 후에 당신 직장 가까이에서 기다리기를 요구한다.

귀여운 여자라는 말보다 지혜로운 여자라는 말을 듣고 싶다

대부분의 남성들은 여자가 너무 강하게 변화를
요구하면 멀리 도망가지만, 부드럽고 애교있게
요구하는 것에 대해서는 대부분 들어주게 된다.

◆ 당신은 주변의 친구들이 모두 당신의 애인을 알게 되기를
바란다. 그래서 만약 친구 중 누가 당신의 애인에게 호감을 갖
고 있다는 것을 알게 되면 화를 내는 것이 아니라 오히려 좋아
한다.

그리고 친구에게 '그를 유혹해 봐. 만약 네가 그를 유혹할
수만 있다면 그를 가져도 좋다'라고 쉽게 말한다.

◆ 당신은 애인 앞에서 거리낌없이 성(性)에 대해 이야기할
뿐 아니라, 성에 관한 화제가 나와도 회피하지 않는다. 뿐만
아니라 당신은 당신의 애인 앞에서 다른 남자친구와 드라이브
를 갔거나 영화를 본 사실들을 당당하게 이야기하는 편이며,
그래도 상관 없다고 생각한다.

◆ 당신은 상대방이 싫다고 해도 자신이 좋아하는 일은 쉽게
포기하지 않는다. 예를 들어 상대 남자가 매니큐어를 바르는
것을 싫어한다 해도, 당신이 그것을 예쁘다고 생각하면 꿋꿋
이 밀고 나가는 성격이다.

◆ 남자가 경제적으로 여유롭지 않다고 생각되면 당신은 상

당신은 어떠한가? 당신은 남성을 꼼짝 못하게 하는 타입인가? 그리고 모든 일에 자신감을 가진 여성인가?

대방 몰래 지갑을 조사한다. 그리고 남자가 자신의 용돈을 아껴 모아 정성스럽게 준비한 선물을 받을 때 담배나 사 피우지 왜 이런 건 사주느냐고 무시해 버린다.

대부분의 남성들은 처음에는 이런 여자들을 아주 매력적으로 생각한다.

하지만 이런 여자와 진짜 애인 사이로 사귀게 되면 남자들은 금방 힘들다는 것을 깨닫는다.

그러므로 이런 스타일의 여성과는 그저 쉽게 지내는 여자친구로만 사귄다면 재미있고 별 문제를 일으키지 않겠지만, 만약 *결혼 상대자로 생각한다면* 마음의 준비를 단단히 해야 할 정도로까지 느낄 것이다.

귀여운 여자라는 말보다 지혜로운 여자라는 말을 듣고 싶다

홀로 서기에 성공하는 직업여성

오늘날과 같은 남성중심의 사회구조 속에서는 여성들의 사업의 기초를 만들고 성공한다는 것이 결코 쉬운 일은 아니다. 하지만 완전히 불가능한 일 또한 아니다.

여자가 사회생활을 통해 남자와 동등하게 경쟁하고 성공하기 위해서는 다음과 같은 세 가지 태도가 필요하다.

◈ 당신은 여성이기에 앞서 하나의 독립된 인격체라는 것을 잊어서는 안 된다.
◈ 모든 일에 최선을 다한다.
◈ 자신의 목표를 향해 나아가면서 부딪치게 되는 주변환경에 크게 영향받지 않도록 한다.

그러면 어떻게 해야만 이런 태도를 기를 수 있을까? 먼저 이에 수반되는 몇 가지 원칙이 있다.

모든 일을 긍정적으로 받아들이는 입장을 취한다. 그리고 자기 자신에 대한 믿음을 가져야 한다. 그래야만 자신감이 생기가치가 있는 모험이라면 용기와 자신감을 가지고 저질러 보는 것이 중요하다. 그런 경험은 당신을 더욱 강하고 현명하게 만들어 줄 것이며, 능력을 확인하는 좋은 기회가 될 것이기 때문이다.

기 때문이다.

항상 상사의 입장에서 생각하고 능력을 최대한 발휘하여 최선을 다하는 모습을 보여야 한다. 그래야만 상사의 신뢰를 얻을 수 있고 밝은 미래를 보장받을 수 있다.

'호랑이 굴에 들어가지 않으면 호랑이를 잡을 수 없다.'

가치가 있는 모험이라면 용기와 자신감을 가지고 저질러 보는 것이 중요하다. 그런 경험은 당신을 더욱 강하고 현명하게 만들어 줄 것이며, 능력을 확인하는 좋은 기회가 될 것이기 때문이다.

또한 부하직원을 선택하는 일에도 신중해야 한다. 그것은 동료나 부하직원을 어떻게 만나느냐에 따라 성공이 순조로운가 하면 난항을 겪을 수 있기 때문이다.

자신이 속한 회사의 각 부서별 특성에 대해서도 파악해 둘 필요가 있다. 각 부서마다 중요하게 다루는 최신 정보가 무엇이며, 그 부서에서 가장 능력있는 사람이 누구인지도 알아두어야 한다.

귀여운 여자라는 말보다 지혜로운 여자라는 말을 듣고 싶다

남자와 동등하게 경쟁하기 위해서 여자들이 가장 먼저 극복해야 할 것은 폐쇄적인 성장 환경에서 비롯된 소극적이고 나약한 의존심과, 쓸데없는 질투심 같은 사사로운 감정들이다.

　그외에도 남자와 동등하게 경쟁하기 위해서 여자들이 가장 먼저 극복해야 할 것은 폐쇄적인 성장 환경에서 비롯된 소극적이고 나약한 의존심과, 쓸데없는 질투심 같은 사사로운 감정들이다. 만약 *당신이 그런 기본적인 문제를 극복하지 못한다면 당신은 영원히 성공할 수 없다.*

　여성이 오랫동안 남자와 동등하게 대우받지 못한 데에서 비롯된 사회적 편견에서 벗어나 자신의 능력을 발휘하고 남성들의 장점도 흡수해 지혜로운 여성으로 거듭날 때 비로소 여성도 사회의 한 구성원으로서 독립된 인격을 인정받을 수 있게 되며, 남자들과의 경쟁에서 이길 수 있게 된다.

애타게 전화를 기다리지 말아요

많은 여성들이 남자친구의 전화를 기다려 본 경험이 있을 것이다. 더욱이 전화 올 시간이 지났는데도 전화벨이 울리지 않을 때의 초조한 심정과 불쾌하고 창피스러운 감정이란 당해보지 않는 사람은 모를 것이다.

이럴 경우 대부분의 다른 여자들은 어떻게 할까? 아마도 대부분의 여자들은 애타게 전화기 앞에 앉아 있을 것이다.

그러면 어떻게 해야 자기 연민의 불안한 감정에서 빨리 벗어날 수 있을까?

그 방법 중의 하나는 '수동적인' 입장에서 벗어나는 것이다. 그러니까 무작정 전화를 기다리기보다 먼저 전화를 걸어보는 것이다.

혹시 그가 당신에게 전화를 걸 수 없는 상황에 처해 있을 수도 있지 않은가? 또한 먼저 전화를 걸어봄으로써 상대방의 감정 변화를 파악할 수도 있지 않은가?

'전화를 기다리는' 외로운 신세가 된 원인은 당신이 모든 것에 대해 수동적인 입장을 견지함으로써 현재 일어난 상황을

귀여운 여자라는 말보다 지혜로운 여자라는 말을 듣고 싶다

전화기를 박차고 일어나 외출을 하거나, 다른 집중할 일을 만들어 '그가 왜 내게 전화를 하지 않는 걸까?'라는 생각에서 과감히 벗어나는 것이 정신건강에 좋다.

제대로 파악하지 못했기 때문이다. 그래서 당신이 얻은 것이라고는 구겨진 자존심과 화나는 일뿐이었다. 그렇다면 지금부터라도 능동적인 입장이 되어야만 한다.

남에게 지배를 받는 것보다는 자기 인생의 주체자가 되는 것이 훨씬 낫다. 그러므로 아무렇지도 않은 척하며 편한 친구에게 전화를 걸 때처럼 그에게 전화를 해 본다.

정 그것이 어렵다면 전화기 앞에 앉아 마냥 기다리는 대신 다른 친구들에게 전화를 해보는 것도 좋은 방법일 것이다.

아니면 전화기를 박차고 일어나 외출을 하거나, 다른 집중할 일을 만들어 '그가 왜 내게 전화를 하지 않는 걸까?'라는 생각에서 과감히 벗어나는 것이 정신건강에 좋다.

전화를 기다리면서 기분이 나빠지는 원인에는 당신이 그에 대한 자신감을 잃었기 때문일 수도 있다. 그렇다면 아예 전화 코드를 뽑아놓아도 좋다. 그런 상태로 조금만 지나면 기분이 점점 좋아지면서 마음이 훨씬 안정되는 느낌을 가질 수 있다.

타인에 의해 좌지우지되지 않는 자신만의 삶을 가지는 일이

여자의 눈에는 행복이 있다   53

무엇보다 중요하다. 이것은 당신이 당신의 삶에 얼마만큼의
애정과 자신감을 가지고 주인 된 행동을 하느냐에 달린 문제
라고 할 수 있다.

　그 누구도 대신 살아줄 수 없는 하나뿐인 당신의 삶이 아닌
가!

귀여운 여자라는 말보다 지혜로운 여자라는 말을 듣고 싶다

그의 마음이 돌아섰을 때

여성들은 자신의 애인이나 남편, 즉 믿고 사랑했던 사람에게 배신을 당하면 큰 충격을 받는다. 그리고 흥분된 감정을 진정시키며 그를 떠날 것인지 참고 기다릴 것인지를 생각하게 된다.

과연 사랑의 배신자인 남자의 곁에 참고 기다리는 것이 현명한지, 아니면 잘못을 용서하지 않고 미련 없이 떠나는 것이 옳은지 고민하는 것이다.

이 문제에 대한 몇 가지 충고를 들려주고 싶다.

이런 경우 여성 대부분이 제일 먼저 고민하는 문제, 즉 *그의 곁을 떠날 것인지, 남을 것인지는 이차적인 문제이다.*

여성들에게는 무엇보다도 상처 입은 자존심의 문제와, 자신의 미래에 대한 문제가 혼란스럽고 괴로운 숙제로 남는 것이다.

어떤 의미에서는 그런 상대방의 곁을 조용히 떠날 결심을 한 여성들은 아직도 상대방을 깊이 사랑하고 있는 거라고 할 수

남편이나 애인의 배신 행위가 당신 자신에게도 책임이 있다고 생각하거나, 상대방이 진심으로 후회하고 반성의 태도를 보인다면 그를 위해서라도 한 번 정도는 용서하는 것이 좋지 않을까?

있다.

그러나 상대방을 떠나는 목적이 단지 상대방에게 벌을 주는 의미이거나 상대방의 변화를 바라는 일시적인 제스처였다면 그것은 당신에게 더 많은 실망과 상처를 안겨줄 수 있다.

그렇기 때문에 상대방이 어떤 행동이나 태도를 취해 자신을 고통에서 벗어나게 해주길 기대하는 것보다는, 자기 스스로 그 속에서 벗어나려고 노력하는 자세가 무엇보다도 중요하다.

또다른 경우, 남편이나 애인의 배신 행위가 당신 자신에게도 책임이 있다고 생각하거나, 상대방이 진심으로 후회하고 반성의 태도를 보인다면 그를 위해서라도 한 번 정도는 용서하는 것이 좋지 않을까?

상처받은 마음을 치료하는 데 가장 좋은 약은 다름아닌 시간이다. 그러므로 혼란스러운 상태에서 성급하게 어떤 판단을 내려버리기보다는 조금 멀리 떨어져서 냉정하게 상황을 정리해 보는 시간을 가지는 것도 좋을 것이다.

그리고 나서 당신과 상대방의 관계를 다각도로 신중하게 검

귀여운 여자라는 말보다 지혜로운 여자라는 말을 듣고 싶다

토한 후, 행동으로 옮겨도 늦지 않기 때문이다.

　남자의 변심과 그에 따른 행동은 그 남자의 잘못이지, 당신의 잘못이 아니다.

　그러므로 그런 일로 *자존심을 다치고 상처를 받아서 이성적(理性的)이지 못한 언행을 하는 것은* 자신의 나머지 인생까지도 망치는 결과를 초래한다.

실연의 상처는 쉽게 치료할 수 있어요

실연을 하게 되면 여자든 남자든 모두 정신적으로 큰 충격을 받는다. 그 중 남자들은 대부분 자제력이 강해서 별 무리 없이 현실에 적응해 가지만, 여자들은 감성적이라서 일단 애인이 자기 곁을 떠나면 크게 흔들리고 정신적으로 쉽게 안정을 찾지 못한다.

그러면 여자들은 *어떻게 하면 실연의 늪에서 벗어날 수 있을까?*

우선 심적으로 '우리의 관계는 더이상 희망이 없다'는 것을 확실히 인정하는 것이 무엇보다 중요하다. 그렇지 않으면 새로운 생활을 시작할 용기도 없어질 뿐더러 기분도 회복시키기 힘들다.

오히려 애원하면 할수록 그의 결심만 더욱 확고해지는 결과를 초래할 수도 있다.

또 여자들은 실연의 상처를 받은 후에도 고통스럽게 추억에 연연하여 괴로워하면서도 그것으로부터 벗어나지 못한다. 따라서 시야를 넓히고 인생의 여러 경험을 체득하며 현실에 대

만약 상대방의 마음이 돌려지길 바란다면 절대로 그에게 돌아오라고 애원하지 말라.
남자는 심사숙고해서 내린 자신의 결정을 여자가 애원하며 빈다고 해서 쉽게 바꾸지 않기 때문이다.

해 책임감을 갖도록 애쓰고 노력하는 것이 무엇보다 중요하다.

그러면 시간과 함께 마음속의 상처가 서서히 치유되는 것을 깨달을 수 있다.

남자가 당신에게 준 가장 큰 상처는 당신 곁을 떠났다는 사실뿐이지, 당신의 존재 가치까지 가져간 것은 아니라는 것을 생각해야 한다.

따라서 당신이 *인생 전체의 행복까지 완전히 깨졌다고 단정하는 것은 너무나 바보스런 생각이다.*

여자들은 어떠한 상황에서라도 다시 새로운 삶을 시작할 수 있는 에너지를 가지고 있으며, 마음먹기에 따라 충분히 해낼 수 있는 현실적인 면을 가지고 있기 때문이다.

여자들은 사랑에 빠지면 상대방 남자를 완전히 백마 탄 왕자로 생각한다.

그러나 사실 남자들도 단점투성이며, 설령 떠나버린다고 해도 당신에게 전혀 아쉬울 것이 없는 남자일 수 있다.

남자가 당신에게 준 가장 큰 상처는 당신 곁을 떠났다는 사실뿐이지, 당신의 존재 가치까지 가져간 것은 아니라는 것을 생각해야 한다.

한평생을 통해 단 한 사람만을 사랑할 수 있고 그외에는 어떠한 이성도 사랑할 수 없다는 가치관을 가진 사람들이 있다. 그러나 그것은 단지 낭만적인 생각일 뿐이다. 물론 실연한 당시엔 그런 생각이 더 강해질 수도 있지만, 시간이 그 상처를 치유할 수 있는 가장 효과적인 약이 될 수 있음을 잊지 말자.

만약 당신이 실연했을 때의 순간을 강한 마음으로 참고 견딜 수만 있다면, *당신은 이전보다 더 훌륭한 여자가 될 것이며, 더욱 성숙하고 충만한 사랑을 찾을 수 있게 될 것이다.*

귀여운 여자라는 말보다 지혜로운 여자라는 말을 듣고 싶다

옛 애인이 보고 싶을 때는

　만약 당신이 유부남과 사랑에 빠졌다고 하자. 그리하여 그와 정식으로 결혼을 할 수도 없고, 그렇다고 그의 영원한 비밀 애인으로 남을 수도 없는 상황에서 고통의 나날들을 보내고 있다고 하자.

　그리고 정말이지 이런 '밝히지 못하는' 사이를 그만 청산하고 싶은데 용기가 없어 결정을 내리지 못하거나 헤어지자는 말을 하고 싶은데도 차마 입이 떨어지지 않아 결국은 어쩔 수 없는 상태에까지 이르렀다고 하자.

　이럴 때 과연 어떤 방법이 실질적인 도움이 될 수 있을까?

　다음의 몇 가지 방법이 도움이 될 수 있을 것이다. 그러나 이 방법 역시 당신이 상대방과 헤어질 결심이 확고해졌을 때에만 해당되는 도움일 것이다.

　우선, *그가 보고 싶어질 때마다* 당신 자신에게 이런 질문을 던져본다.

　'만약 내가 그와 헤어진다고 해서 내가 이기지 못할 무서운 일이 벌어질까? 정말로 내 인생이 여기서 멈춰버릴까?'

만약 당신이 더이상의 혼란스러운 현실을 원하지 않는다면 용기를 내어 그와 헤어져야 한다. 그래야만 당신은 자신의 완전한 인격을 다시 찾을 수 있을 것이다.

지난 일에서 한 발자국도 벗어나지 못한 상태에서는 새로운 삶을 시작할 수 없다. 한번 실컷 울어보라. 그리고 미련 없이 털고 일어나 용기와 자신감으로 충만한 자신의 예전 모습으로 돌아가도록 해야 한다.

그를 잊기 위해 애쓰기보다 나를 찾기 위해 애쓰는 것이 중요하다. 그의 모습이 머릿속에 떠오를 때마다 자기 자신에게 스스로 경고하며, 그와 관련된 일을 가급적 생각하지 않는 것이 현명하다. 아무렇지도 않다고 생각하면 아무리 힘든 상황도 아무렇지 않게 생각될 것이다.

그에게 전화를 걸고 싶더라도 그 순간을 이겨내는 지혜가 필요하다. 그럴 때는 당신의 기분을 바꿔줄 수 있는 가까운 친구와 통화하며 마음을 달래도록 해야 한다. 그와 함께 했던 아름다운 시간들이 떠오른다면 그와의 관계가 계속되어 현재까지

귀여운 여자라는 말보다 지혜로운 여자라는 말을 듣고 싶다

지난 일에서 한 발자국도 벗어나지 못한 상태에서는 새로운 삶을 시작할 수 없다. 한번 실컷 울어보라. 그리고 미련 없이 털고 일어나 용기와 자신감으로 충만한 자신의 예전 모습으로 돌아가도록 해야 한다.

이어졌을 때, 그가 당신에게 어떠한 고통과 두려운 인생을 만들어 주었을까를 상상해 보도록 한다.

사람은 감정의 동물이라 특히 사랑했던 사람이나 그와의 감정에서 벗어나기란 물론 말처럼 쉽지 않다. 하지만 *당신은 자신의 인생을 위해 반드시 결심해야 한다.* 일단 당신이 그런 감정에서 벗어날 수만 있다면 당신은 새로운 자신감을 가진 또다른 모습으로 더 넓은 세계와 만날 수 있을 것이다.

유부남의 거짓말을 알아두세요

　어째서 많은 미혼 여성들이 결혼한 남자와 깊은 사랑에 빠지게 되고 그들의 비밀 애인이 되어 어려움을 감수하려고 하는가?

　그것은 결혼한 남자들이 여자에 대한 경험이 많아 누구보다 여성 심리를 잘 알고 있으며, 진지한 대화를 나누는 듯한 태도로 적절한 유머를 사용하며 여자들의 호감을 사기 때문이다.

　그러나 이런 말들은 달콤한 거짓말이 대부분이라는 사실을 알아야 한다.

　그들이 여성에게 잘 하는 대표적인 거짓말 중 몇 가지를 알아본다.

　◈ 나는 지금까지 이렇게 한 적이 없다. 당신 같은 경우는 처음이며 특별하다. 나는 당신의 매력에서 벗어날 수가 없다. 당신은 정말 순수하고 너무 아름다운 천사다. 나의 아내보다 당신이 나를 더 잘 알아주는 것 같다.

　◈ 내 평생 가장 큰 실수는 아내와 결혼한 것이다. 하지만 나

귀여운 여자라는 말보다 지혜로운 여자라는 말을 듣고 싶다

결혼한 남자들이 여자에 대한 경험이 많아 누구보다 여성 심리를 잘 알고 있으며, 진지한 대화를 나누는 듯한 태도로 적절한 유머를 사용하며 여자들의 호감을 사기 때문이다.

는 책임을 질 줄 아는 사람이다. 너무나 고통스럽지만 아내를 무책임하게 버릴 수는 없다. 그러나 다시 태어난다면 나의 유일한 사랑은 당신일 것이다. 나는 그날을 기다릴 뿐이다.

◈ 내 아내 역시 밖에서 다른 남자를 만나고 있다는 것을 나는 알고 있다. 그래서 이렇게 하는 것은 아내에게 미안한 일이 아니며, 잘못하는 것이 아니다.

◈ 내가 결혼한 것에 대해 당신은 문제삼지 않겠지. 그것 때문에 나와 만나는 기회를 놓치면 당신은 너무나 후회할 것이다.

◈ 나는 나일 뿐이다. 그러니까 당신이 내 곁에 있든지 나를 떠나든지 다 당신의 마음에 달린 문제다.

◈ 당신은 절대로 나를 사랑하지 말아라.

◈ 내 아내는 한 마리의 암탉처럼 울기만 할 뿐 무식해서 대화 상대자가 되지 못한다. 그러나 당신은 나에게 아침의 맑은 공기 같은 느낌을 준다. 나는 당신을 통해 비로소 여자라는 존재의 참의미를 알게 됐다.

이별은 여자를 성숙하게 하고

여성들은 천성적으로 모성 본능이 강하기 때문에 이해심과 포용력이 많다. 상대방이 만 가지 잘못을 저질렀다 해도 그것이 만회할 수 없을 정도의 큰 일만 아니라면 대부분 넘겨버리는 편이다. 상대방이 잘못을 뉘우치고 반성하는 태도를 보일 때는 더더욱 그렇다.

그러나 만약 여자가 남자에 대해 크게 실망하고 일단 떠날 마음을 먹었다면 그 결심을 바꾸기란 절대로 쉽지 않다.

그러면 여성이 자신의 애인이나 남편에 대해 실망하여 그의 곁을 떠나겠다고 결정했을 때에는 심리적으로 어떤 변화가 일어나는 것일까?

대부분의 여성들은 자신이 내린 결정에 대해 마음으로 무척 괴로워하며 앞길에 대해서도 막막해 하지만, 그것은 잠시뿐 곧 새롭게 부딪칠 현실의 모든 문제에 대해 자신감을 가질 것이며 적응하기 위해 많은 노력을 하게 된다.

그녀들은 처음에는 많은 외로움과 괴로움 속에서 시간을 보내게 되므로 초조해하며 우울증에 걸리기도 하고, 자신감이

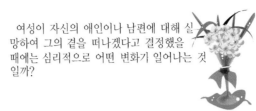

여성이 자신의 애인이나 남편에 대해 실망하여 그의 곁을 떠나겠다고 결정했을 때에는 심리적으로 어떤 변화기 일어나는 것일까?

결여된 상태에서 의지력이 약해지기도 하지만, 결코 그녀들은 무기력하게 항복하지 않는다.

오히려 고통스런 경험을 이겨내고, 새로운 삶에 적응하여 더욱 성숙해지며 자신의 가치를 올바로 긍정할 수 있게 된다. 그리고 *'환경에 적응하는 자만이 존재할 수 있다'*라는 말의 의미를 보여줄 것이다.

여성들은 남자들이 조금 무시하거나 얕잡아 보는 것에는 순종하며 잘 참는 편이다. 하지만 일단 행동으로 자신의 불만을 표현하게 되면 과감한 반격 행위도 가하게 된다.

평소 마음에 쌓였던 모든 불만을 쏟고 싶어하는 것이다. 미련 없이 상대 남자를 떠난 후에 어떠한 두려운 결과가 이어진다 해도 여성들은 마지막 남은 자존심을 지키기 위해 어떠한 희생도 감수하며, 독립한 후의 외로움도 두려워하지 않는다.

남자들은 상대 여자와 헤어지게 되면 감정을 자제하지 못해 모든 면에서 자포자기하는 경우가 많은 반면, 대부분의 여성들은 그렇지 않다.

여성이 밖에서 남편 몰래 애인을 만나는 것이
어떤 의미로는 가정에 더욱 충실하려는 동시에,
개인적인 욕구를 만족시키는 한 가지 방법일 수
도 있다.

특히 지적 수준이 높은 여성일수록 일단 자기를 실망시킨 남
자와 헤어지고 나면 마음을 안정시킨 후에 자신이 좋아하는
일에 몰두하는 사이클이 짧으며, *남자와 함께 있을 때는 느낄
수 없었던 일의 보람을 느끼고 더욱 최선을 다해 자신의 인
생을 살아간다.*

귀여운 여자라는 말보다 지혜로운 여자라는 말을 듣고 싶다

남자와는 다른 여자들의 사랑

　요즘에 와서 많은 남자들이 외도하는 것으로 알려져 있다. 그것은 신문이나 각종 매스컴에서 크고 빈번하게 다루었기 때문일 것이다.

　반대로 여자가 남편 몰래 외도하는 문제에 대해서는 어떻게 생각하고 있는가?

　이 문제는 점점 심각해지고 있다. 여기에는 남자와 기본적으로 다른 여자들의 보편 심리가 깔려 있다. 즉, 여자들은 꼭 자기 남편을 사랑하지 않아서 다른 남자를 만나는 것이 아니라, 그저 동시에 두 남자를 사랑하게 되는 것뿐이다.

　그러면 *두 남자를 동시에 사랑하게 되는 여성의 심리 상태*는 어떤 것일까?

　여성이 밖에서 남편 몰래 애인을 만나는 것이 어떤 의미로는 가정에 더욱 충실하려는 동시에, 개인적인 욕구를 만족시키는 한 가지 방법일 수도 있다.

　그녀들은 남편만 모른다면 아무도 상처를 받지 않으리라 생각하며, 또 그렇게 믿고 있다. 자기 남편에 대한 사랑에는 변

함이 없지만, 그저 남편과 자식만 있는 평범한 가정생활 외에 또다른 변화를 주고 싶은 것뿐이다.

현대에는 기혼 여성들의 사회 참여가 많아지면서 마음이 흔들릴 정도로 멋있는 남성을 접할 기회 또한 많아졌다. 그럴 때 감정이 풍부한 여자들은 쉽게 유혹을 당할 수도 있다.

남편들은 항상 일에 매달려 아내에게 무관심해져서 자신의 아내가 지금 무엇을 원하고 있는지 모르고, 또 아내들은 그런 무미건조하고 단조로운 생활을 견디기 힘들어 한다.

이럴 때 대다수의 여성들은 새로운 남자 친구를 사귐으로써 생활에 새로운 활기를 얻기 원한다. 단지 가정의 평화와 안녕이 지켜지는 경우에 한해서지만.

또 한 가지는 여자가 너무 일찍 결혼생활을 시작한 경우이다. 자기 눈에 완벽하게만 보였던 남성이 같이 살다보니 더이상 이상적이 아니라고 느껴져 실망하게 되고, 그래서 다른 대상을 밖에서 찾으려고 애쓰게 된다.

이런 이유에서 여자나 남자는 너무 일찍 결혼하는 것이 좋지

귀여운 여자라는 말보다 지혜로운 여자라는 말을 듣고 싶다

않다. 평생 동안 서로 아끼고 이해해 줄 수 있는, 자신에게 맞는 배우자를 선택할 수 있을 정도로 *정신적·심리적으로 성숙한 뒤에 결혼생활을 시작하는 것이 좋다.*

남자가 외도를 하는 것은 여자에게 상당부분 책임이 있듯이, 여자가 그렇게 되는 것도 남자 쪽에 어느 정도의 책임이 있다.

결혼하기 전에는 남자가 여자보다 더 사랑에 충실하지만, 결혼한 후에는 여자가 남자보다 훨씬 가정에 전심전력하기 때문이다.

그러므로 아내들이 바람을 피우게 되면 먼저 남편들이 반성해야 한다.

남자가 없어도 살 수 있어요

이 세계는 남자와 여자로 이루어져 있다. 그래서 어떤 사람들은 남자 없이는 여자가 살 수 없다고 종종 말한다.

이런 생각의 저변에는 '성(性)생활'의 측면이 깔려 있는 것이 대부분이다. 그러나 *사실 여자들은 이런 폭 좁은 의식에서 벗어나 충분히 인생을 즐길 수 있다.*

다음과 같은 것은 여자들이 일상 생활에서 꼭 가져야 하는 기본적인 태도이다.

◈ 자신을 약자라고 생각하지 않는다. 모든 일에 강하고 독립성을 지닐 수 있도록 자신을 키워 자신의 주인이 되도록 하는 것이 중요하다.

지나치게 남자에게 의지했을 때는 자신의 기분과 심정이 상대방의 영향을 많이 받게 될 것이다.

◈ 동성의 친구와 깊은 우정을 나누는 것은 즐거운 생활을 할 수 있는 열쇠다.

그런데 안타까운 것은 보통 여성들이 일단 한 남자와 사귀게

귀여운 여자라는 말보다 지혜로운 여자라는 말을 듣고 싶다

옆에 남자친구가 없다고 자신을 불쌍하게
여기지 말라. 이렇게 생각하면 할수록 더욱
외로워져서 끝내는 참을 수 없게 될 것이다.

되면 두 사람만의 세계에 취해서 동성의 친구들에게 신경을
쓰지 않아 사이가 멀어지는 경우가 태반이라는 점이다.

◈ 자신의 생활 중심을 한 남자에게 집중시키지 않는다. 자
신의 사교 범위를 되도록 넓히고 새로운 친구를 많이 만나 아
름다운 추억을 쌓아가는 것이 어쩌면 사람이 살아가는 이유가
될 수도 있다.

◈ 적어도 한 가지 정도의 운동에 빠져 보는 것이 좋다.

어떤 여성들은 에어로빅을 간혹 '성애'에 비유하기도 한다. 그
런 운동을 할 때 깊게 숨을 쉬는 기회가 많고 그들의 정신을
맑고 힘차게 만들어 주기 때문이다.

◈ 허전하고 외로울 때는 새로운 취미를 갖든지, 아니면 창
작에 관한 일을 해보도록 한다. 옆에 남자친구가 없다고 자신
을 불쌍하게 여기지 말라. 이렇게 생각하면 할수록 더욱 외로
워져서 끝내는 참을 수 없게 될 것이다.

◈ 다른 한 쌍의 부부와 친한 친구가 되고, 그들의 자녀들과
이모나 고모 같은 사이를 유지하며 가정생활을 즐길 수 있는

기회를 만듦으로써 마음의 틈을 메워보는 방법도 좋다.

◈ 남자와 항상 함께 있을 경우에 생기는 단점들을 떠올려서 스스로를 위로하도록 한다.

'만약 남자가 있으면, 항상 그의 비위를 맞추어 주어야 하고, 그가 바람을 피우거나 당신에게 충실하지 않은 일을 하면 마음이 아파야 하고, 해도해도 끝없이 쌓이는 집안일 때문에 자신이 목표로 한 어떤 일을 추구하는 데 무척 힘이 들 것이다'라고 말이다.

귀여운 여자라는 말보다 지혜로운 여자라는 말을 듣고 싶다

현명한 아내는 남편의 길을 터준다

결혼하기 전에는 부드럽고 따뜻하게 보살펴 주던 남자들이 일단 부부가 된 후에는 일이나 사회 활동에 매달려서 아내에게 많은 신경을 써주지 못하는 경우가 허다하다. 이렇게 되면 많은 여성들이 속상해하며 불안해 어찌할 바를 몰라 한다.

그러나 *여성들은 남자에게 일이 얼마나 중요한 의미가 있는지를 이해하는 것이 무엇보다도 중요하다.* 그래야 자신의 마음도 편안해질 수 있는 것이다.

남자에게 일이 없다는 것은 생활의 목표가 없는 것과도 같다. 그들에겐 결혼과 아내도 중요하지만 일만큼 그들에게 만족을 안겨주지는 못한다. 남자들은 일단 가정을 마련해 놓으면 항상 따뜻하고 든든한 '후방'이 있다고 생각하며, '전선'에서 최선을 다해 싸울 수 있는 힘을 얻게 된다. 물론 그렇게 일하는 것은 후방에 있는 아내와 자식을 위해서이다.

일에만 몰두하는 남자와 함께 사는 여성이라면 그가 가정에 무관심한 것이 아니므로 이해를 해야 한다. 그 이해를 도와주는 방법은 여러 가지가 있지만, 그 중 하나는 자신의 생활 범

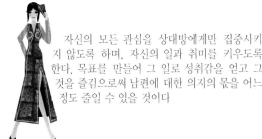

자신의 모든 관심을 상대방에게만 집중시키지 않도록 하며, 자신의 일과 취미를 키우도록 한다. 목표를 만들어 그 일로 성취감을 얻고 그것을 즐김으로써 남편에 대한 의지의 몫을 어느 정도 줄일 수 있을 것이다

위를 넓혀 가는 것이다.

남성이 늘 곁에서 당신과의 사랑을 속삭이거나 당신을 위해 낭만적이고 부드러워지기를 바라지 말고, 사회에 나가 남성에게서 미처 발견하지 못한 즐거움을 찾는다. *당신 인생의 주인은 바로 당신이지 남성이 아닌 것이다.*

남성을 원망만 하는 여자가 되는 것보다 상대를 이해하고 정신적으로 어떤 압력도 주지 않는 편안한 여자의 입장이 되도록 하는 것이 필요하다.

이왕 당신이 그를 선택해서 결혼하고 한평생 같이 살기로 결심했다면 말이다. 아니면 그와 헤어지는 방법밖에 다른 길이 없다.

자신의 모든 관심을 상대방에게만 집중시키지 않도록 하며, 자신의 일과 취미를 키우도록 한다. 목표를 만들어 그 일로 성취감을 얻고 그것을 즐김으로써 남편에 대한 의지의 몫을 어느 정도 줄일 수 있을 것이다.

일에 몰두하는 남성들 대부분은 스트레스를 많이 가지고 있

귀여운 여자라는 말보다 지혜로운 여자라는 말을 듣고 싶다

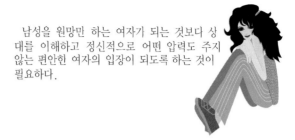

남성을 원망만 하는 여자가 되는 것보다 상
대를 이해하고 정신적으로 어떤 압력도 주지
않는 편안한 여자의 입장이 되도록 하는 것이
필요하다.

다. 하지만 책임감과 자존심 때문인지 아내에게는 잘 내색하
지 않는다.

그러므로 여성들은 사랑과 지혜로 그에게 신뢰감을 갖게 하
며 이해해 주는 일이 무엇보다 중요하다.

또 *자신이 어리석고 약하며 무지하지 않다는 것을 상대방에
게 표현해야 한다.* 그렇게 해야만 남성들은 당신을 여자로서
만 아니라 가장 이해를 많이 해주는 친구, 위로가 되어주는 누
나, 좋은 충고를 해주는 스승으로 생각할 수 있다.

이런 아내의 남편은 일이 잘 풀리지 않거나 괴로울 때에 혼자
영화관에 가거나 술을 마시는 것으로 문제를 해결하기보다,
머릿속에 당신을 제일 먼저 떠올리고 당신에게 달려와 도움을
청하게 된다.

똑똑한 아내는 남편을 무능하게 만들지만, 현명한 아내는 남편을 더욱 유능하게 만든다

만약 아내가 사회 생활에서 남편보다 승진이 빠르다거나 봉급이 많을 경우, 대다수의 *남성들은 가정에서 위축되며 자존심에 상처를 입는다.* 그리고 이로 인해 부부 감정이 위기를 맞을 수 있다.

아래의 예는 가정과 일을 동시에 병행하는 직업 여성이 신경 써야 할 몇 가지 사항들이다. 이러한 방법을 이용하여 남성의 마음에 서운한 얼룩을 남기지 않도록 한다.

먼저 상대방에게 모든 기회를 이용하여 그의 존재가 당신에게 얼마나 소중한지를 알게 한다. 그리고 그것을 표현하도록 한다. 또한 일보다도 가정의 행복이 더욱 중요하고 우선시된다는 것을 잊지 않도록 알린다.

한 예로, 아주 급박한 일로 근무 시간을 연장해야 하는 경우가 아니라면 귀가 시간을 꼭 지키도록 하며, 필요 없는 사교 활동과 출장 업무는 되도록 거절한다.

그리고 주말에는 반드시 남편과 함께 조용히 둘만의 세계를

귀여운 여자라는 말보다 지혜로운 여자라는 말을 듣고 싶다

자신의 문제만 이야기하지 말고 남성으로 하여금 그의 문제와 일에 대해 이야기할 수 있도록 자연스럽게 유도해야 한다. 그의 이야기를 잘 들어주고 좋은 의견을 제시해 주는 것도 중요하다.

가지도록 한다. 이때에는 가급적 초대나 모임 등의 약속을 정하지 않는 것이 좋다.

중요한 일을 결정할 때는 반드시 남편의 의견을 묻도록 한다. *똑똑하고 능력있는 아내를 가진 남자들은 자연스럽게 많은 부분에 예민해 있기 마련이다.*

그러므로 만약 그런 아내가 모든 일에, 예를 들어 부모의 부양 문제, 가구 구입, 장래의 목표 등을 결정하는 데 혼자 처리해 버린다면 자존심에 아주 큰 충격을 받을 것이다.

자신의 문제만 이야기하지 말고 남성으로 하여금 그의 문제와 일에 대해 이야기할 수 있도록 자연스럽게 유도해야 한다. 그의 이야기를 잘 들어주고 좋은 의견을 제시해 주는 것도 중요하다.

당신의 상사나 직장 동료들과 만나더라도 자랑스럽게 남편을 소개하도록 하라. 특히 사람이 많이 모이는 공식 석상에서는 더더욱 세심하게 신경써야 한다.

주말에는 가끔씩 백화점이나 시장에 함께 가서 남성으로 하

그가 좋아하는 스포츠나 게임을 함께 관람하는 것도 좋다. 일요일 점심 메뉴로 그가 좋아하는 맛있는 요리를 만들어 함께 나누어 먹는 것도 그를 감동시킬 것이다.

여금 여성스럽고 예쁜 옷을 선물하도록 유도해 본다.

또는 그가 좋아하는 스포츠나 게임을 함께 관람하는 것도 좋다. 일요일 점심 메뉴로 그가 좋아하는 맛있는 요리를 만들어 함께 나누어 먹는 것도 그를 감동시킬 것이다.

특히 주의해야 할 것은 아무리 바빠도 사랑하는 사람에게 지켜야 할 기본적인 책임을 무시하지 말아야 한다는 것이다. 이것을 무시했을 때에는 자칫 소중한 사랑이 휴지조각처럼 날아가 버릴 수 있기 때문이다.

가까운 사람일수록 예의를 다하는 자세야말로 사랑을 오래도록, 아름답게 유지시키는 비결이다.

당신이 이와 같은 마음을 행동으로 항상 표현한다면 남성은 틀림없이 당신에 대해 지혜롭고 현명한 여자를 얻었다고 생각하며 행복해하고 자랑스럽게 여길 것이다.

그렇게 되면 당신이 일과 가정 모두에서 성공하는 것은 두말할 나위 없다.

귀여운 여자라는 말보다 지혜로운 여자라는 말을 듣고 싶다

여성들이 가장 많이 가지고 있는 약점

남녀를 막론하고 질투심은 대단히 무서운 것이다. 그것은 사람의 마음을 망가뜨릴 수 있고 이성을 잃어 자신뿐 아니라 타인에게도 피해를 주게 된다. 사랑에 빠진 남녀가 서로 이성 친구에게 질투심을 느끼게 되면 그들은 상대방과 먼저 다툰다. 그리고 냉전 기간이 지나면 서로 헤어지게 되고, 결국 사랑은 깨어지고 만다.

많은 사람들이 질투는 여성의 전용물이라고 생각한다. 그것은 여성이 본질적으로 소유욕과 함께 타인에 대한 불신감이 강하기 때문이다.

그러면 이렇게 사랑을 깨어지게 하는 가장 큰 원인인 질투심 외에 *여성들이 꼭 고쳐야 할 단점들*로는 어떤 것이 있을까?

우선, 여자들은 사랑하는 사람에게 너무 의지하려는 점을 꼽을 수 있다. 그들은 애인과 금방 헤어지고도 돌아서면 그가 전화해 주기를 기대하거나 요구한다.

또한 한번 통화를 시작하면 30분을 넘기는 것이 예사다. 이 사랑에 빠진 남녀가 서로 이성 친구에게 질투심을 느끼게 되면 그들은 상대방과 먼저 다툰다. 그리고 냉전 기간이 지나면 서로 헤어지게 되고, 결국 사랑은 깨어지고 만다.

런 행동이 빈번해지면 상대방을 귀찮게 할 뿐더러 피곤하게 만드는 일이 된다.

'하루 못 보면 3년 못 보는 것'처럼 여기고 항상 곁에 있어 주기를 원하면 남자들은 정신적으로 스트레스를 받게 된다.

그런 연인들은 서로 못 만나는 시간 때문에 자주 싸우게 되고, 좋은 관계를 유지하기가 점점 힘들어진다.

대부분의 *남성들은 여성에 비해 낭만적이지 못하며 사소한 일에 신경을 못 쓰는 편이다.* 반면, 여성들은 어떤 특별한 날임에도 애인이 선물을 준비하지 않았을 때에는 그가 자신에게 무신경하다고 속상해하며 화를 낸다.

자신에게 무신경한 것을 자신을 사랑하지 않는다는 것과 동일시하여 싸움을 걸고 남자를 괴롭히는 것이다.

여자들은 남자가 자신 앞에서 불쌍한 척하면 비록 화가 나서 절대로 상대 남자와 말도 하지 않겠다고 결심을 했더라도 곧 마음을 풀고 용서하는 편이다. 그리고 그 뒤에는 오히려 상대방을 더 아끼고 챙겨준다.

귀여운 여자라는 말보다 지혜로운 여자라는 말을 듣고 싶다

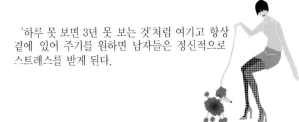

'하루 못 보면 3년 못 보는 것'처럼 여기고 항상 곁에 있어 주기를 원하면 남자들은 정신적으로 스트레스를 받게 된다.

여성들은 상대 남자를 진실로 깊게 사랑하게 되면 거의 맹목적이 되어 남자가 자신을 얕보고 무시하는 행동을 해도 참으며 자신의 행동이 사랑을 위한 하나의 희생이라고 자랑스럽게까지 여긴다.

또한 애인의 한 마디 말을 친구의 천 마디 말보다 중요하게 생각한다. 그렇듯 여자들은 '남자는 소중하게, 친구는 가볍게' 생각해서 친구가 지적하는 진심어린 충고를 전혀 귀담아듣지 않는다.

여성들은 항상 아름답고 달콤한 말을 듣기 좋아한다. 비록 그 말들이 모두 거짓말이라고 해도 그것에 대해 조금도 의심을 품지 않는다. *'옆에서 지켜보는 사람들이 당사자보다 더 잘 알 수 있다'*는 말이 있음에도 불구하고 말이다.

주위의 모든 사람들이 그가 배우자로 적당하지 않다고 해도 당사자인 여성들은 끝까지 자기 뜻대로 하는 경우가 많이 있다.

현재 자신의 마음이 상대방에 대한 사랑을 담고 있다면 후에

남성들은 여성이 너무 일찍 모성애를 표현
하거나 지나치게 엄마처럼 느껴지게 하는
행동을 별로 좋아하지 않는다.

그 사람으로 인해 어려움을 당한다고 해도 두려워하거나 망설이지 않는다.

왜냐하면 여성들은 자제력이 약한 편인 데다가, 현재의 행복을 미래보다 우선시하기 때문이다.

그외에 남자들이 싫어하는 여성들의 단점은 남의 사생활에 대해 너무 많은 관심을 가진다는 것이다. *남성들은 남의 사생활에 관한 화제는 그리 좋아하지 않는다.*

대부분 여성들은 유행에 따라 화장하는 것을 좋아한다. 하지만 남성들은 화장을 많이 하지 않은 순수한 여자의 피부에서 따뜻하고 사랑스러운 느낌을 받는다.

보통 여성들은 모성애를 발휘해 자신이 사랑하는 남자를 무조건 보살펴 주기를 좋아한다.

그러나 남성들은 여성이 너무 일찍 모성애를 표현하거나 지나치게 엄마처럼 느껴지게 하는 행동을 별로 좋아하지 않는다.

남성과 여성은 이처럼 서로 다른 꼴인 것이다.

귀여운 여자라는 말보다 지혜로운 여자라는 말을 듣고 싶다

사랑의 감정은 왜 식어가나요?

　감정이 깨어지고, 상대방에게 헤어지자는 말을 들었을 때야 비로소 문제의 심각성을 알아차리는 사람들이 의외로 많다.

　그럴 때 사람들은 항상 '도대체 내가 무엇을 어떻게 잘못했나?' 하고 자신에게 질문을 한다.

　사실 서로 헤어지게 되는 것은 꼭 제3자 때문이거나 무슨 돌발적인 사건이 일어나서만은 아니다. 평소 사소한 일에 신경을 써주지 않아 비극으로 막을 내리는 경우가 거의 대부분이라 할 수 있다.

　다음은 보통 사람들이 항상 소홀히 하는 남녀 사이의 기본적인 도리이다.

　서로에 너무 익숙해져서 지켜야 할 기본예의를 잊어버리고, 상대방에게 '고맙다', '미안하다'는 말을 자주 해주지 않는 것도 한 가지 원인이 될 수 있다.

　사람은 말로써 자신의 감정과 상대방의 감정을 교류한다. 말이 있어야 눈물도 흘리고 웃음도 나온다.

　사람은 이런 방식으로 감정을 발전시키거나 유지한다. 그래

서로에 너무 익숙해져서 지켜야 할 기본 예의를 잊어버리고, 상대방에게 '고맙다', '미안하다'는 말을 자주 해주지 않는 것도 한 가지 원인이 될 수 있다.

서 많은 사람들이 모두 '고맙다', '미안하다'는 말로 자신의 가치와 자신감을 유지하게 되는 것이다.

남자나 여자나 처음 만날 때는 모든 신경을 상대방에게 집중하고 상대방의 장점만을 보려고 한다. 그러나 시간이 가면 갈수록 뜨거웠던 사랑의 감정은 점점 식어가게 되고, 따라서 숨겨진 단점들이 더 많이 발견되는 것이다.

그러다 보니 상대방을 칭찬하는 것에 인색해진다. 어떤 때는 상대방이 아주 소중하고 자랑스럽게 생각하는 일까지도 무시하고 반대하거나 비난하게 된다.

그가 한 일 속에서 하필이면 단점만을 골라 그의 자존심과 자신감을 끌어내리는 것도 상대방이 당신을 싫어할 수 있게 하는 충분한 이유가 된다.

온세상이 무너진다 해도 '나에게는 당신이 소중하다'고 생각*하는 그에게는* 당신의 한 마디 칭찬이 큰 힘이 될 것이다. 당신은 이것을 무시하면 안 된다.

서로 만난 지 오래됐으니 말을 하지 않아도 상대방이 모두 이해할 것이라고 생각해서 상대방과의 대화에 소홀해지는 사람이 있다. 그러면서도 상대방은 자신의 생각이나 마음을 잘 알고 있을 것이라고 믿는다.

그렇기 때문에 만약 무슨 일이 벌어져 자신의 마음에 들지 않으면 모든 책임을 상대방에게 돌리려 한다. 사실 아무리 부부 사이나 부모·자식 사이라 해도 신이 아닌 이상 *말하지 않으면 알 수 없는 것이 사람의 마음이다.*

그외에 상대방에 대한 인내심이 부족해서 항상 작은 일 때문에 신경을 세우거나 화를 내고 양보할 줄 모르며 포용심이 전혀 없을 때도 그렇다.

일단 어떤 문제에 대해 의견 일치를 보지 못해 논쟁이 벌어지더라도 언제나 포용력을 가지지 못하고 자기 주장만 고집하고, 설령 자신이 지나쳤다고 속으로 인정을 해도 상대방에게는 끝까지 우기는 태도를 보인다면 사랑의 감정은 깨질 것이다.

헤어지자는 말을 들었을 때

사랑의 오솔길이 언제나 평탄하고 순조롭기만 하다면 얼마나 좋을까. 이제 막 눈멀기 시작한 연인들은 이별을 모른다.

그들은 자신들의 미래엔 '영원히 함께'라는 말 외에 그 어떤 것도 존재할 수 없다고 굳게 믿으며 말하고 행동한다.

이것이 바로 행복한 꿈이다. 꿈의 길이는 사람마다 다르며, 깨고 난 후의 반응이나 상태도 개인차가 심하다.

연인 사이에 벌어질 수 있는 나쁜 일을 헤아리자면 끝도 없다. 그 중에 벌어질 수 있는 가장 최악의 상황은 연인에게서 헤어지자는 말을 듣는 일일 것이다.

더구나 예기치 못한 결별선언을 언도받을 경우, 그 충격이란 바다 하나를 사라지게 할 만큼 어마어마할 수도 있다. 우리는 그것으로 더욱 성장하고 더욱 강해지게 된다.

그러면 헤어지자는 말을 듣게 되었을 때 어떤 식으로 대처해야 할까?

남자에게 헤어지자는 얘기를 들었을 경우 절대로 애원하거나 매달리는 방법을 써서는 안 된다.

귀여운 여자라는 말보다 지혜로운 여자라는 말을 듣고 싶다

연인 사이에 벌어질 수 있는 나쁜 일을 헤아
리자면 끝도 없다. 그 중에 벌어질 수 있는 가
장 최악의 상황은 연인에게서 헤어지자는 말
을 듣는 일일 것이다.

　그럴 경우 열에 아홉 남자는 자신에게 애원하는 여자를 보고
반성하거나 뉘우치기는커녕 귀찮게 생각하고 헤어질 결심을
더욱 강하게 굳힐 것이기 때문이다.

　그렇다고 *자제력을 잃고 상대방에게 폭언을 퍼붓거나 화를
내서도 안 된다.* 그로 인해 당신은 사랑 뿐만 아니라 당신의
하나뿐인 자존심까지 잃어버리기 때문이다.

　놀랍고 속상하겠지만 우선은 그런 결정에 대해 충분히 이해
한다고 말하고 상황을 받아들이는 노력을 해보자.

　그리고 '나에게는 잔인하지만 사랑하는 사람이 원한다면' 하
는 마음으로 침착하게 대처해 보자.

　그리고 가능한 한 상대방이 힘들어 하지 않는 범위에서 그가
왜 그런 마음에 결정을 내리게 되었는지를 솔직하고 자세히
얘기할 수 있도록 분위기를 만든 후, 가능하다면 문제를 해결
할 수 있는 방법을 찾아보는 것이 더욱 지혜로울 것이다.

　만약 그가 다른 여성과의 사랑 때문에 당신과 헤어질 결심을
한 것이라면 너그럽게 받아들이도록 하자. 오히려 그런 너그

서로의 믿음과 용기로 환경의 장애들을
극복해 나간다면 먼훗날 그것이 아주 작
은 고통이었다고 생각하게 될 것이다.

러움이 그를 감동시켜서 그를 뉘우치게 하고 다시 돌아오게
만들 수도 있기 때문이다.

　*상대방에게 자책감을 느끼도록 하려면 그를 욕하고 원망하
기보다는 그에게 부드럽게 해주는 것이 훨씬 효과적이다.* 자
책감은 무엇보다도 사람의 마음을 아프게 한다.

　반대로 당신이 실컷 욕설을 퍼부었다면 상대방은 오히려 마
음 편하고 홀가분하게 당신 곁을 떠날 수 있다.

　다른 예로 만약 상대방이 집안의 반대나 외부적인 환경 때문
에 당신과 헤어지려고 한다면 더더욱 화를 내서는 안 된다. 자
존심이 상한다고 그 자리에서 일어나 바로 떠나는 어리석은
행동 역시 해서는 안 된다.

　상대방이 당신을 사랑하지 않았다면 모를까, 그가 당신을 사
랑하는 이상 주위환경 때문에 잠시 용기와 자신감을 잃어 그
런 결정을 내렸다면 그 마음이 더 아플 수도 있지 않은가.

　이런 상황일수록 상대방에게는 당신의 진정한 사랑과 용기가
더욱 절실하다. 현재가 잠시 괴롭고 힘들더라도 서로의 믿음

귀여운 여자라는 말보다 지혜로운 여자라는 말을 듣고 싶다

그가 당신을 사랑하는 이상 주위
환경 때문에 잠시 용기와 자신감을
잃어 그런 결정을 내렸다면 그 마음
이 더 아플 수도 있지 않은가.

과 용기로 환경의 장애들을 극복해 나간다면 먼훗날 그것이
아주 작은 고통이었다고 생각하게 될 것이다.

그렇지 않고 *만약 경솔한 판단과 행동을 한다면 당신은 평
생을 돌이킬 수 없는 후회 속에서 살게 될지도 모른다.*

남자들의 단점을 찾아보세요

나이에 따라 여성들이 이상형으로 생각하는 남성상은 달라지게 되어 있다. 또 나이나 성격별로 싫어하는 남자의 유형도 서로 다르기 마련이다. 그러나 *공통적으로 여성들이 싫어하는 남자들의 단점*이 있다.

여자들이 싫어하는 남자들의 단점에는 어떤 것이 있을까?

첫째, 신비스러운 척하는 남자.

이들은 자기가 잘 모르는 것도 잘 아는 체하며 전문가인 척한다.

둘째, 돈을 우선적으로 생각하며, 항상 화제를 돈에 집중시키는 남자.

이들은 알뜰함이 지나쳐, 써야 할 때도 결코 돈을 쓰지 않는다.

셋째, 일처리가 깔끔하지 못한 남자.

이들은 정력적으로 일을 하는 것도 아니고, 결단력도 없으면서 사소한 일에는 목숨을 걸고 얽매이게 된다.

귀여운 여자라는 말보다 지혜로운 여자라는 말을 듣고 싶다

넷째, 일에 대한 자신감이 없는 남자.

이들은 여성에게 자신의 일에 대해 자신 없어 하는 태도를 보이며, 두려움을 호소하여 여성으로 하여금 불안하게 만든다.

다섯째, 아무 여자에게나 과잉 친절을 베풀어 전혀 위엄이 없어 보이는 남자.

그들은 상대 여자의 친구 앞에서도 너무 지나치게 친절한 나머지 남자가 가져야 할 위엄을 잃어서 상대 여자를 부끄럽게 만든다.

여섯째, 자신이 무시당했을 때도 그냥 참아 넘기며 아무 반항도 하지 않는 남자.

이들은 사회에서 불공평한 대우를 받거나 남이 자신을 얕잡아 보아도 그냥 받아들이고 순종한다.

일곱째, 마음이 옹졸한 남자.

이들은 큰일이나 사소한 일이나 똑같이 따지고 들며, 그것 때문에 다툼이 일어나도 금방 풀지 못하고 오래오래 기억하고 원망을 품는다.

의식적으로 독립심을 가지려고 노력하며 새로운 친구를 적극적으로 사귄다.

여덟째. 너무 여성적인 성격에다 비관적이며, 진취성이 없이 현 상황에 만족하고 노력할 줄 모르는 남자.

그들은 목소리나 행동이 지나치게 여성적인 것에 대해 스스로 그것을 잘 모르고 있다. 그리고 현실에 그대로 영합하길 잘 해서 여성들에게 실망을 안겨준다.

그외에도 사고방식이 너무 고루한 남자,

자기만 생각하며 타인에게 전혀 도움이 안 되는 남자,

무신경해서 상대 여성이 좋아하는 음식이나 취미생활 등을 전혀 모르는 남자,

남성 우월주의에 빠져 헤어나지 못하는 남자,

상대 여성이 요구하는 대로 다 들어주면서 정작 자기 주장은 전혀 하지 못하는 남자,

너무 게으르고 지저분한 남자

등이 있다.

귀여운 여자라는 말보다 지혜로운 여자라는 말을 듣고 싶다

주위에서 이상하게 보는 사이

혹시, 당신은 지금 자신보다 나이 어린 남자와 연애하고 있지는 않은가?

그렇다면 다음과 같은 사전 지식을 알고 결혼해야만 행복하고 원만한 애정관계를 유지할 수 있다.

먼저, 주위에서 늙은 아내와 어린 남편이라는 말이 많을 것을 예상해야 한다.

그렇다고 해도 몇 가지의 조건만 지킬 수 있다면 당신은 더이상 늙은 아내라는 말을 듣거나 주위의 편견에 신경이 곤두서는 일 따위는 없어지게 될 것이다. 남편의 감정에 대해서도 의심할 필요가 없는 것은 물론이다.

당신은 앞으로 닥칠 모든 새로운 환경에 적극적으로 변화할 의지가 있어야 한다.

◆ 당신 앞에 놓인 어려움은 전진을 위해 반드시 거쳐야 할 관문이라고 생각하며 두려워하거나 피하지 않는다.

◆ 당신은 함께 살 식구들이 당신의 생활방식과 생활태도에

불만을 가질까 걱정하지 않는다.

◈ 자신의 실수나 실패를 순순히 인정하고 받아들인다.

◈ 호기심과 모험심을 가지고 있어라.

◈ 낙관적이며, 남들과 쉽게 어울리고 잘 사귈 수 있어야 한다.

◈ 돈의 중요성을 알지만 그것이 인생의 가장 소중한 것이라고는 생각하지 말라.

◈ 의식적으로 독립심을 가지려고 노력하며 새로운 친구를 적극적으로 사귄다.

◈ 남녀나 나이를 불문하고 다양한 친구관계를 형성하는 게 좋다.

만약 당신이 수줍음이 많고 포용력이 많은 여성이라면 성격이 활발하고 솔직한 연하의 남성과 잘 어울릴 수 있을 것이다.

또 아주 얌전하고 전통적인 성격을 가진 여성이라면 열정적이지만 성급한 성격을 가진 남자와 잘 어울릴 것이다.

귀여운 여자라는 말보다 지혜로운 여자라는 말을 듣고 싶다

여성들은 남성의 나신(裸)을 우습게 생각한다

월간지나 주간지에 여성의 나체사진이 나오는 건 흔한 일이다. 남녀의 나체사진이 실려 그것을 보게 될 때 남자와 여자의 반응은 각각 어떻게 나타날까?

다음과 같은 것은 대부분 남자들의 반응이다.

여성들이 자신의 가슴과 엉덩이를 보여주는데 남자라고 안 될 것이 뭐가 있느냐?

젊은 여성들도 남자의 나체사진에 아주 관심이 많을 것이다. 그러나 만약 사진에 나오는 남성들의 가슴에 그렇게 많은 털이 없었더라면 효과는 더 좋았을 것이다.

사람은 누구나 자유로울 권리가 있다. 남성들이 자신의 육체를 보여주는 것 역시 당당하지 않을 이유가 없다. 자존심이 상하지 않을 정도면 되는 것이다.

이 세상이 무슨 특이한 일이 없을까? *이제 아름다움은 더이상 여성들만의 전유물이 아니다.* 남성들도 자신의 멋진 몸매를 과시할 때가 왔다고 생각한다.

이러한 남성들의 사고방식에 비해 여성들의 생각은 어떻게

여성들은 모두 완벽주의자이기 때문에 남성의 나체사진 따위는 별로 보기 좋은 것이 아니다.

다를까? 남성들이 여성의 나체사진을 맘껏 구경한 지 이미 오래됐으니 이제 여성들도 복수할 때가 됐다. 즉, 남성의 나체사진도 구경할 때가 됐다.

그러나 남성의 나체사진이 여성들을 흥분시키지는 않는다. 여성들은 그런 사진에 대해 별반 호기심을 느끼거나 좋아하지 않는다. 여성들은 모두 완벽주의자이기 때문에 남성의 나체사진 따위는 별로 보기 좋은 것이 아니다.

나체 남성 역시 무슨 특별한 것이 있는 것도 아니다. 우습게 말하자면 별 볼일 없는 것이다.

오히려 남성의 나체사진은 웃기는 느낌까지 준다. 그들은 정말 우습게 보이는 것이다. 여성들은 '나중에 내 남편 될 사람만은 제발 이런 사람이 아니기를, 맙소사!' 라고 하는 것이다.

옷을 입었을 때는 멋지게 보였는데 옷 벗으면 이 사진처럼 못생겨 보이는 것은 아닐까? 라고.

이런 생각이 지배적이어서 그런지 아직은 남성의 나체사진이 잡지 등에 활발히 소개되지 않는 이유인지도 모른다.

귀여운 여자라는 말보다 지혜로운 여자라는 말을 듣고 싶다

남성들이 가지고 있는 여러 가지 유형들

'제 눈에 안경'이라는 말이 있다. 어떤 여성에게 백마 탄 왕자로 보이는 남자가 다른 여성에겐 별볼일 없는 사람으로 보일 수도 있다.

그러면 *남성들에게는 어떤 유형이 있을까?* 다음과 같이 분류해 볼 수 있을 것 같다.

◈ 마마보이형 : 아직도 성년이 되지 않은 느낌을 주는 타입.
상대 여성에게까지 영향을 주며 같이 젊어지는 듯한 기분을 느끼게 한다. 이런 유형의 남성을 좋아하는 여성은 영원한 어머니의 역할을 하기 쉽다.

◈ 침묵형 : 남의 이야기를 잘 들어주는 반면에 자신은 말이 없는 타입.

그리고 남녀간의 교제에서 수줍음을 많이 타는 이런 유형의 남성을 사랑하게 되는 여성이라면 절대로 상대방에게 말을 많이 하기를 바라거나 모든 일에 그가 적극적으로 처리하기를 기대해서는 안 된다. 만약 그런 것을 기대하거나 강요한다면

사랑은 쉽게 멀어질 것이다.

◈ 반항형 : 모든 생활방식이나 사고, 심지어 옷차림까지 남과 같지 않고 특별한 것을 좋아하는 타입.

여성들은 대부분 인생의 어느 단계에서 한 번쯤은 이런 유형의 남성을 사랑하게 된다. 특히 실연한 직후에 그렇다. 여성들은 실연의 외로움을 이런 타입의 남자를 만나는 것으로 대리만족하기도 한다.

◈ 못난이형 : 이들은 착하고 성실하지만 외모가 별로 세련되지 않은 타입이다.

그래서 나이 어린 여성들에게는 별로 인기가 없지만 비교적 생각이 깊고 성숙한 여성들에게는 호감을 얻기 쉽다.

◈ 남성 우월주의형 : 남성 우월주의 사상에 깊이 젖어 있는 남자들은 마음속에 진정한 감정을 거의 표현하지 않는 타입이다.

이런 유형을 사랑하게 되는 여성들은 영원히 어린 소녀의 역할을 해야 한다. 그렇지 않으면 헤어지는 게 좋다.

◈ 가정형 : 빨래, 청소 같은 집안일을 하기 좋아하며 따뜻하

귀여운 여자라는 말보다 지혜로운 여자라는 말을 듣고 싶다

고 아기자기한 집안 분위기를 만드는 것에 삶의 보람을 느끼는 타입.

이런 형의 남자와 평생 함께 살기로 결정한 여성들이 가장 주의해야 할 것은 그들에게 사회적 성공이나 부의 획득을 기대하거나 요구해서는 안 된다는 점이다. 이런 경우 여성들이 남자를 대신할 사회생활 능력을 가지고 있을 필요가 있다.

◈ 순진무구형 : 낙관적이고 단순하며 대인관계가 좋은 타입.

이런 남자들은 친구나 이웃과의 관계를 무엇보다도 소중하게 생각하며 자연히 집안일에는 별로 신경을 안 쓴다. 이런 남자의 배우자들은 대단한 인내심과 이해력으로 생활해야 할 것이다.

◈ 일꾼형 : 가정을 따뜻하고 안전한 '후방'으로 생각하고 일에만 몰두하는 타입.

가족 모임도 대단히 좋아하지만 일의 유혹이 있을 때는 만사를 팽기치고 회사로 달려간다. 이런 유형의 배우자들은 외로운 시간을 비교적 많이 보내게 될 것이다.

보이는 것에 좌우되는 우리 시대의 남자들

남자의 성격에는 여러 가지 유형이 있다. 만약 여성들이 자신의 연인이 어떤 유형인지를 파악하고 대처한다면, 교제관계가 훨씬 원활하여 서로 이해하고 양보하며 평화롭게 지낼 수 있을 것이다.

남성들 중에서 가장 많은 유형은 이른바 '시상형(視象型)'이라 불리는 타입이다. 그들은 시각의 영향에 크게 좌우되므로 외모에 신경을 많이 쓴다.

새로운 사람과 인사를 나눌 때 그들은 상대방의 인사말보다는 얼굴 표정에 더 많은 영향을 받는다. 그리고 낯선 곳에서는 끊임없이 주위 환경을 체크한다.

이런 형을 선택하는 여자는 생활에서 별로 재미를 느끼기가 어려울 것이다. 그들은 내면의 느낌을 상대방에게 진솔하게 표현하는 습관이 되어 있지 않고, 낭만적이고 즉흥적인 행동으로 상대방을 기쁘게 해주는 데 익숙해 있기 때문이다.

이런 타입의 남성들에게 사랑을 표현하는 방법은 사랑이 담긴 편지나 예쁜 카드로 자신의 마음을 전해주는 것이 좋다.

귀여운 여자라는 말보다 지혜로운 여자라는 말을 듣고 싶다

내면의 느낌을 상대방에게 진솔하게 표현
하는 습관이 되어 있지 않고, 낭만적이고
즉흥적인 행동으로 상대방을 기쁘게 해주
는 데 익숙해 있기 때문이다.

그들은 여유시간이 생기면 영화감상이나 전시회 관람, 또는
공원 산책을 하며 아름다운 꽃을 보거나 밤하늘의 별자리 찾
기 등 눈이 즐거울 수 있는 놀이를 찾는 편이다.

또한 그들은 상대방을 주시하는 것을 매우 좋아한다. 그러므
로 당신의 사진을 그의 책상에 놓게 하여 그가 사진을 보면서
자연스럽게 사랑의 감정을 유지할 수 있게 하는 것이 좋다.

이런 형의 남자와 만날 때는 옷차림에 신경쓰는 것이 좋다.
그들은 항상 옷차림으로 상대방의 분위기를 파악하려고 하기
때문이다.

이런 남자와 연애할 때는 낯선 곳으로 가지 않는 것이 좋다.
낯선 곳으로 가면 그들은 항상 주위 환경을 살피느라 당신에
게 신경을 집중하지 못할 것이기 때문이다.

또 그들과 대화할 때 *당신의 표정이 말보다 더 효과적일 수
있다는 것*을 명심해 두라.

예를 들어 그를 진정시켜야 할 일이 생겼다면 그 어떤 말보다
도 부드러운 미소가 그에게는 효과적이기 때문이다.

'큐피트의 화살'이 적중하려면?

어떻게 해야 이성의 마음을 끌 수 있을까?

이 문제는 사람들, 특히 젊은 남녀들의 가장 큰 관심사라고 할 수 있다.

그러나 무엇보다 *먼저 자신을 알고 상대방을 안 후에 교제를 시작해야 성공할 수 있을 것이다.*

이성이라고 반드시 끌 수 있는 것은 아니다. 만약 당신에게 상대방이 좋아하는 외모나 개성이 없다면 당신이 아무리 노력한다 해도 그의 마음을 끌기는 어려울 것이다.

같은 가치관과 인생관을 가진 사람끼리라야 서로에게 자연스럽게 끌릴 수 있고 좋아할 수 있는 것이다. 잘생긴 사람은 잘생긴 사람을 쉽게 끌 수 있고, 외모가 보통인 사람은 보통인 사람을 쉽게 끌 수 있다.

성애(性愛)가 이성에게 가장 중요한 것은 아니다. 남성들에게 섹시하다는 것은 반드시 풍만한 몸매와 예쁜 얼굴만을 의미하지는 않는다. 솔직하고 친절하며 유머 감각이 풍부하고 현명

귀여운 여자라는 말보다 지혜로운 여자라는 말을 듣고 싶다

남성들에게 섹시하다는 것은 반드시 풍만한 몸매와 예쁜 얼굴만을 의미하지는 않는다.

한 여성이 오히려 남성에게 섹시하게 느껴질 수도 있다.

남자와 여자가 태어날 때부터 가진 각자의 특별한 체취도 서로를 끌어당기는 한 가지 원인이 된다. 남자들의 땀냄새에 여자들의 마음이 흔들리기도 한다.

남성들은 쉽게 친할 수 있는 여성에 대해서는 별로 흥미를 느끼지 못한다. 따라서 *예의를 지키면서도 남성을 정중하게 거절하는 용기를 보일 줄 아는 여성들이 남성들의 마음을 사로잡을 수 있다.*

여성스러우면서도 한편으로 남성적인 요소를 가진 여성이 현대 남성들에게 매력적으로 여겨진다.

패션감각도 뛰어나고 말도 상냥스럽게 하지만, 때로는 적극적으로 일을 처리할 수 있는 여성이 그렇다. 또 일반적인 여성들처럼 사소한 일에 너무 따지지 않는 여성을 좋아한다.

그리고 좋아하는 운동이 적어도 한 가지 정도는 있어 혼자 즐길 수 있고, 실수로 넘어졌을 때 남들이 웃을까봐 창피해서 고개를 들지 못하는 것이 아니라, 다른 사람들의 웃음에 따라 자

남성의 심리를 잘 아는 여성일수
록 사랑의 전쟁에서 승리할 확률
이 높다.

신도 여유있게 웃어넘길 줄 아는 여성이 매력적으로 보인다.

남성들에게 호감을 받으려고 일부러 여성스러운 척하고, 모
든 행동과 표정까지도 꾸며서 하려는 자연스럽지 못한 여성에
게 남자들은 오히려 반감을 가진다.

귀여운 여자라는 말보다 지혜로운 여자라는 말을 듣고 싶다

사랑의 표현은 조금씩만 하세요

남성의 심리를 잘 아는 여성일수록 사랑의 전쟁에서 승리할 확률이 높다. 그러나 대부분 여성들이 자신의 성격이나 외모에는 관심이 많지만, 타인에 대한 관찰력 부족으로 좋은 기회를 놓치는 경우가 많다.

그러면 *남성들만이 가진 독특한 심리*는 과연 어떠할까?

당신이 만약 그의 책상에 놓인 다른 여자의 사진을 보고 누구냐고 물어본다면 남자들은 거의가 '그냥 보통 친구'라고만 대답할 것이다. 그러나 그가 이야기한 '친구'에 대한 의미는 보통 사람들이 알고 있는 개념과 그 뜻이 다르다는 것을 알아야 한다.

또 남자들은 어떤 때는 감정만으로 자신의 생각을 좌지우지할 때가 있다.

남자들은 누군가를 사랑하게 되면 자신의 모든 것을 다 바치며 수용적인 태도를 보이지만, 반대로 미움을 갖기 시작하면 극도의 이기적인 성향이 되며, 무책임하고 냉정한 사람으로 변해버리고 만다.

그러므로 여성들은 결혼 후에라도 '홀로 서기'를 위한 준비를 마음 한구석에 남겨두는 것이 필요하다.

세상에는 '모든 일을 완벽하게 처리할 수 있는 남성도 없거니와 모든 일을 다 망쳐버리는 남성'도 없다.

따라서 *남성에게 전적으로 일을 맡기고 의지할 것이 아니라 자신도 일에 대한 판단능력과 처리능력을 키우는 것이 좋다.* 오히려 어떤 면에서는 여성들의 능력이 그들보다 뛰어날 때가 많다는 것을 잊지 마라.

남성들은 간혹 수동적인 역할을 하고 싶어할 때가 있다. 따라서 가끔 당신이 먼저 영화나 스포츠 관람을 제의한다면 그들은 마치 아이처럼 기뻐하며 흔쾌히 받아들일 것이다.

여자 쪽에서 먼저 남자에게 '사랑한다'라는 말을 하지 않도록 주의하라. 그렇지 않으면 상대방이 당신의 감정에 대해 소중하게 느끼지 않을 수 있기 때문이다.

만약 어떤 남자가 당신에게 '영원히 순수한 친구 사이'를 유지하자고 말하더라도 그것을 액면 그대로 믿지 않도록 해야 한

귀여운 여자라는 말보다 지혜로운 여자라는 말을 듣고 싶다

다. 차라리 그를 언제 터질지 모르는 시한폭탄이나 잠깐 순해
진 늑대라고 생각하는 것이 안전하기 때문이다.

또 한 가지, *남성들은 상대여성에게서 어머니 같은 감정을
느끼기를 원하지만 너무 일찍 그것을 표현하는 것은 별로 좋
아하지 않는다.* 그들은 상대여성으로부터 자기 어머니와 같으
면서도 다른 어떤 새로운 느낌을 받기를 원한다.

그것은 여성이 자신을 위해 모든 것을 챙겨주고 보살펴 주는
존재이기보다, 자신을 위대하게 보고 모든 것을 믿고 의지하
는 존재이길 바라는 욕구가 더 많기 때문이다.

이런 욕구충족을 통해서 남자들은 자신의 남성다움에 대한
만족감을 느끼며, 또한 당당한 독립인격체로서 자부심을 갖는
것이다.

그러므로 될 수 있는 한 결혼 전에는 맛있는 요리나 청소, 빨
래 등 그에게 필요한 것을 자주 챙겨주지 말라. 그렇지 않으면
그는 당신에게 고마움보다는 신선함이 없다고 원망하며 아쉬
워하기가 쉽기 때문이다.

어떤 남자가 당신에게 '영원히 순수한 친구 사이'를 유지하자고 말하더라도 그것을 액면 그대로 믿지 않도록 해야 한다.

상대남자가 '영원히 당신을 사랑하며 앞으로도 그 마음은 변치 않는다'라고 굳게 맹세하더라도 당신은 그 말을 액면 그대로 믿지 말아야 한다.

헤어진 연인이나 현재 사귀고 있는 연인이라도 이런 말을 주고받은 기억은 누구에게나 있을 것이다.

남자들의 속성은 그런 말을 대부분 쉽게 하는 경향이 있다. 그러면서도 *먼저 감정이 변해 헤어지자는 말을 꺼내고 미련 없이 새로운 사랑을 찾는 사람이 바로 남자들임을 명심하라.*

귀여운 여자라는 말보다 지혜로운 여자라는 말을 듣고 싶다

차갑게만 보이는 남자의 속도 따뜻할 수 있어요

　말이 적고 마음속의 감정을 솔직하게 표현하기 싫어하는 타입의 남자를 연인이나 배우자로 두고 있는 여성이라면 이런 혼란 속에 빠지기가 쉽다.

　그의 마음이 어떤지 자꾸 의심하게 되고, 따라서 헤어지자는 말을 할까 말까 망설여질 때도 여러 번 있다.

　그러나 사실 *아무 일에도 관심이 없어 보이는 이런 유형의 남자들이 의외로 관찰력이 예민하다는 것을 알아야 한다.*

　이들에게는 단지 자신의 진정한 속마음과 생각을 쉽게 표현하지 않는 것이 습관이 되어 있을 뿐이다. 이런 남자와 함께 살기로 결정한 여성은 그들에 대한 보편적인 심리상태에 대해 우선 알아둘 필요가 있다.

　그렇지 않고 오해를 하다가 서로 헤어지게 되면 당신의 가슴도 무척 아프겠지만 상대방 역시 마찬가지 심정이 되기 때문이다.

　남자들이 감정을 숨기려는 데는 다음과 같은 이유가 있다.

첫째, 여자에게 의사표현을 했을 때 거절당하면 어쩌나 하는 두려움을 갖고 있기 때문이다.

둘째, 남자들은 자신의 표현을 나타내는 데 있어 모방할 수 있는 표본이 없어서일 것이다.

다시 말하면 습관이 되어 있지 않아 상대 여자에게 부자연스럽고 어색하게 보이면 어쩌나 걱정하는 타입이기 때문에 사랑의 표현법에 대해 모방할 수 있는 일종의 패턴을 여러 방법으로 익힐 필요가 있다.

셋째, 자제력을 잃는 것에 대한 두려움 때문이다. 남자들의 의식 속에는 자신이 감정을 가진 인간이라는 사실보다 대장부라는 의식이 더 강하며 우선하기 때문에 자제력을 잃는다는 것이 무엇보다 수치스럽고 참을 수 없는 일처럼 여겨지는 것이다.

넷째, 마음의 평정을 유지하기 위해서이다. 어떤 일 때문에 마음의 균형을 잃게 되었을 때 남자들은 타인에게 이런저런 이야기로 도움을 청하기보다 스스로 혼자 처리하며 마음의 평

귀여운 여자라는 말보다 지혜로운 여자라는 말을 듣고 싶다

정을 찾는 것이 습관이 되어 있다.

다섯째, 친밀해져서 서로에게 의지하게 되는 것에 대한 두려움 때문이다.

어릴 때부터 스스로 모든 일을 결정하고 처리하며 독립심 강하게 살아왔는데, 갑자기 자신을 여자한테 맡기고, 그럼으로써 상대 여자 또한 어느 정도 받아줘야 한다는 관계가 적응이 안 되어 걱정부터 앞서는 것이다.

이런 남자들에게는 다음과 같이 대처하는 것이 현명하다.

먼저 상대방에게 자신의 느낌을 모두 솔직하게 이야기한다. 그리고 서로 의논하면서 마음속의 모든 의문을 없애버림으로써 더이상 둘의 관계가 악화되는 것을 예방하는 것이 좋다.

또다른 방법으로는 침묵을 고수해 보는 것도 좋다.

상대방은 아마 그 시간 동안 자신을 돌아보고 스스로 반성하거나 마음을 조절하게 될 것이기 때문이다.

세상으로부터 소외되고 싶은 사람은 아무도 없다.

성격에 문제가 있거나 아무리 냉정한 남자라도 근본적으로는

세상으로부터 소외되고 싶은 사람은 아
무도 없다

정을 가지고 있으며, 마음속으로 상대 여성이 자신의 마음에
문을 열고 들어와 이해와 관심, 그리고 도움을 주는 존재가 되
어주었으면 하고 바라고 있는 것이다.

귀여운 여자라는 말보다 지혜로운 여자라는 말을 듣고 싶다

자신의 외모에 자부심을 느끼세요

만약 당신이 자기 자신을 좋아하지 않는다면, 남들이 어떻게 당신을 좋아할 수 있겠는가?

당신이 늘 맑은 모습으로 이성의 눈길을 끌고 싶다면 가장 먼저 해야 할 것이 당신 자신의 모습을 사랑하는 것이다.

편안한 자세를 취하고 눈을 감은 뒤 몸의 긴장을 풀어본다. 그리고 상상한다.

당신 주위에는 세 개의 커다란 거울이 있고 당신은 그 앞에서 예쁜 옷을 차려 입는다. 이것으로 당신은 최초로 자신의 모습을 자세히 살펴보는 것이 될지도 모른다.

상상의 거울을 통해 바라본 자신의 모습에 대해 당신은 어떤 특별한 느낌을 가지는가? 그 표정, 눈동자, 복장 등이 당신에게 어떤 독특한 느낌을 주는가?

당신은 옷을 걸치지 않은 자신의 몸에 대해 수치를 느끼는가, 아니면 기쁜가, 이것도 저것도 아닌 말로 표현할 수 없는 느낌?

당신이 신체 부위 중 가장 좋아하는 부분과 싫어하는 부분은

만약 당신이 자기 자신을 좋아하지 않는다면, 남들이 어떻게 당신을 좋아 할 수 있겠는가?

어디인가?

자신의 몸에 대한 모든 느낌과 생각을 글로 써보거나 점수로 환산해 보는 것도 좋다.

나의 얼굴과 머리에 대한 느낌과 만족도는 어느 정도인가? 나의 피부색과 탄력은? 두 손과 발은? 내 몸의 곡선은 마음에 드는가?

자신의 앞모습에 대한 관찰과 평가가 끝났다면 이번에는 옆모습을 본다.

그런 식으로 몸의 모든 부분을 꼼꼼히 점검하면서 그 아름다움을 스스로 느껴본다.

신체를 다 감상한 후에 거울 속의 자신을 향해 '이것이 바로 나의 신체다'라고 자신있게 말해 보는 것은 어떨까?

귀여운 여자라는 말보다 지혜로운 여자라는 말을 듣고 싶다

그 사람을 자주 칭찬하세요

어떻게 해야만 행복하고 원만한 결혼생활을 유지할 수 있을까?

많은 결혼 전문가들이 자신만만하게 사람들에게 '효과적인' 조언을 많이 했지만 결과는 사람들의 소원과 반대로 나타나는 경우가 많았다. 결국 많은 '조언'이 틀렸다는 것을 증명한 셈이다.

다음과 같은 것들은 바로 사람들이 그런 결혼 전문가들의 조언 때문에 잘못 알고 있는 조심해야 할 관점들이다.

그렇지 않으면 원만한 결혼이 이루어질 수 있는 기회를 놓치거나 결국 맞지 않는 결혼을 해서 고통을 겪을 수 있다.

첫째, 행복한 결혼에 필요한 것은 사랑뿐이라는 조언이다. 그러나 부부간의 사랑은 결혼생활의 일부분일 뿐이다. 서로를 먼저 이해해서 잘 적응되도록 노력하고, 그에 따른 책임감을 가져야 한다. 그외에도 소비패턴이라든가 자신의 생활방식 등 모든 것을 상대방과 의논해서 결정하는 것이 좋다.

부부간의 사랑은 결혼생활의 일부분일
뿐이다. 서로를 먼저 이해해서 잘 적응
되도록 노력하고, 그에 따른 책임감
을 가져야 한다.

둘째, 자녀가 부부간의 감정을 촉진시켜 줄 것이라는 조언이
다. 하지만 부부의 감정이 그다지 견고하지 않을 때의 아기의
탄생은 부부 사이를 오히려 멀어지게 할 수 있다. 이때 아기를
갖는 것은 오히려 문제를 더 복잡하게 만들 수 있으므로 바람
직하지 못하다.

셋째, 서로 상대방을 변화시킬 수 있다는 선입견을 갖고 있
고, 충분히 가능하다는 조언인데, 이것은 가장 크게 오해될 수
있는 부분이라고 생각된다.

사실 스스로 변하려고 하지 않는 사람이라면 그 누구도 변화
시킬 수 없다. 결혼을 했으니 상대방은 무조건 자신의 뜻에 맞
게 고쳐야 한다는 생각 자체가 부부의 감정을 깨는 주요 요인
이 되는 것이다.

넷째, 서로에게 절대적으로 성실해야 한다는 강박관념이다.

부부간에 성실한 것이 물론 중요하지만, 감정이 느끼는 대로
상대방에게 표현하는 것보다 지혜롭게 문제의 핵심에 접근할 수
있도록 적당한 때에 적당한 말을 하는 것이 훨씬 효과적이다.

귀여운 여자라는 말보다 지혜로운 여자라는 말을 듣고 싶다

감정이 느끼는 대로 상대방에게 표현
하는 것보다 지혜롭게 문제의 핵심에
접근할 수 있도록 적당한 때에 적당
한 말을 하는 것이 훨씬 효과적이다

이런 사고방식이 결혼생활을 평화롭게 유지할 수 있게 한다.

당신이 예전에 몹시 사랑했지만 결국은 헤어지게 된 사람이 있다고 하자.

이것을 상대방에게 사실대로 얘기했을 때는 서로의 감정만 상할 뿐 좋은 것이 하나도 없다. 그것은 아무리 이성적인 사람이라 할지라도 감정적으로 이런 사실을 완전히 이해하고 받아들이기란 어렵기 때문이다.

그리고 이것은 나중에 심각한 문제로 발전할 수도 있다.

그렇기 때문에 이런 *비밀은 될 수 있으면 숨기는 것이 좋고, 만약 그럴 수 없는 상황이라면* 그냥 가볍게 '전에 사귀었던 사람인데 나와는 별로 맞지 않아 헤어졌어. 사랑 같은 감정을 가져보지도 못했어. 난 너를 만나고 나서야 비로소 사랑이 무엇인지 알게 됐어'라고 거짓말을 해도 괜찮다.

그런 거짓말은 좋은 거짓말인 것이다.

이성의 장점을 살펴보세요

보통 사람들이 자신의 파트너에게 갖춰져 있기를 바라는 점에는 어떤 것들이 있을까? 누구나 욕심을 내는 그런 점에 대해 우리도 한번 욕심을 부려보자.

◈ 언제나 솔직하여 잘못을 하더라도 숨기려 하지 않는다.
◈ 서로의 취미가 같아서 좋아하는 일을 함께 할 수 있다.
◈ 자신에게 충실하며 책임감 있게 행동한다.
◈ 내가 외롭고 괴로울 때 언제나 나의 입장에서 위로해 주고 도와준다.
◈ 주위 사람들이 나를 의심하고 안 좋게 얘기하더라도 나를 믿어준다.

이와 반대로, 보통 사람들이 가장 싫어하고 두려워하는 파트너의 단점에는 어떤 것들이 있을까? 이런 마음은 가지고 있지 않을수록 좋을 것이다.

귀여운 여자라는 말보다 지혜로운 여자라는 말을 듣고 싶다

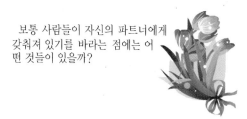

보통 사람들이 자신의 파트너에게 갖춰져 있기를 바라는 점에는 어떤 것들이 있을까?

◈ 자신을 사랑하는 것이 아니라고 원망하며, 좀더 부드럽고 친절하게 대해 주기를 요구한다.

◈ 아무리 상대방을 위해 시간을 할애하고 신경을 쏟아도 만족하지 않으며 더 많은 관심을 요구한다.

◈ 상대방에게 일어난 모든 일, 즉 아주 사소한 일상까지도 자신에게 알려주기를 원한다.

◈ 자신이 자랑스럽게 생각하는 일에는 전혀 관심을 보이지 않으며 오히려 화제를 다른 쪽으로 바꾸려고만 한다.

◈ 복잡한 문제가 생겨 혼자 조용히 생각을 정리하고 싶을 때, 이유를 알기 위해 계속 추궁하며 물어본다.

◈ 상대방과 함께 다른 이성친구를 만났을 때 전혀 자신감 없는 사람처럼 질투하거나 자리를 불편하게 만들어 자신과 친구 모두를 신경쓰이게 한다.

완벽한 남자에게는 적극적으로 표현하세요

당신의 애인은 혹시 완벽주의자가 아닌가?

그의 일상생활이 다음과 같다면 당신은 그를 완벽주의자라고 생각해도 좋다.

그는 언제나 자신뿐 아니라 주위 환경을 깨끗하게 정리정돈 해야 직성이 풀리는 사람이다.

또한 식구들에게도 자기의 생활규칙을 준수해 줄 것을 강요하며, 그렇지 않을 경우 참지 못하는 성미이다.

예를 들어, 자신이 퇴근해서 집에 돌아왔을 때 아내가 미처 식사준비를 해놓지 않았다면 그는 틀림없이 불같이 화를 낼 것이다.

또 자녀들에 대해서도 공부하는 시간에 텔레비전을 보거나 딴짓을 하는 것을 용납하지 않는다. 따라서 그 자녀들은 아버지를 보면 반가운 게 아니라 무서워한다.

그렇다면 어떤 원인이 그를 완벽주의자로 만들었을까?

그 중 하나는 그들의 마음속에 안정감을 찾지 못하고 매사에 모든 일이 걱정스럽기 때문이다.

귀여운 여자라는 말보다 지혜로운 여자라는 말을 듣고 싶다

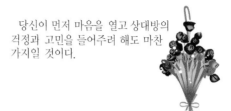

당신이 먼저 마음을 열고 상대방의
걱정과 고민을 들어주려 해도 마찬
가지일 것이다.

그들은 원리원칙대로만 일을 처리한다면 돌발 상황이나 실패
의 확률을 줄일 수 있다고 생각하는 것이다.

만약 이런 성격의 배우자를 맞이하려는 여성이라면 다음과
같은 마음의 자세를 준비해야 한다.

그들은 자기와 한 침대에서 자는 당신에게조차 자신의 고민
과 걱정, 그리고 장래에 대한 이야기를 잘 하지 않는다.

당신이 먼저 마음을 열고 상대방의 걱정과 고민을 들어주려
해도 마찬가지일 것이다.

이런 형의 남성들은 그런 이야기를 하는 것에 대해 *자신의
단점을 노출시키는 것이라고 생각한다.*

그들은 마음속에 일어나는 어떤 일에 대한 걱정과 두려움을
인정할 수가 없다. 그래서 자신의 단점을 자꾸 감추려 들며 일
상생활 속에서 규칙적으로 생각하는 것으로 대체하려고 하는
것이다.

당신은 이제 몇 가지 방법으로 이 문제를 해결할 수 있을 것
이다.

부드러운 가정 분위기를 만들기 위해 서
로 의견을 나누도록 하라.

◈ 먼저 진지한 태도로 대화의 시간을 마련해서 계속 이런 류의 연속된 생활이 이어진다면 더이상은 곤란하고 힘들다는 것을 알려주어야 한다. 그리고 부드러운 가정 분위기를 만들기 위해 서로 의견을 나누도록 하라.

◈ 또 당신이 그를 사랑하고 있다는 것을 기회가 닿는 대로 최대한 표현하도록 한다. 상대방에게 먼저 신뢰와 안정감을 심어준 뒤에 그가 스스로 자신의 성격에서 탈피할 수 있도록 시간을 주는 것이 좋다.

◈ 자녀들에게도 기회 있을 때마다 '우리는 아빠를 많이 사랑하지 않니? 그리고 아빠가 우리 친구가 되어 준다면 우리는 더욱 행복할 거야. 그렇지?'라는 식으로 가족간의 거리를 좁히도록 노력해야 한다.

◈ 온가족이 함께 여행하는 기회를 자주 만드는 것도 그로 하여금 자연을 접함으로써 늘 긴장되어 있던 마음을 열고 여유를 가질 수 있게 하는 좋은 방법이다.

귀여운 여자라는 말보다 지혜로운 여자라는 말을 듣고 싶다

남자는 어른이면서 동시에 아이임을 잊지 말아요

남자들은 나이가 들어 가정을 꾸리고 자녀까지 있어도 '어린아이' 같은 면이 많이 남아 있다. 따라서 그들은 항상 아내가 많은 이해와 인내심으로 양보를 해주어 감정의 위기를 극복하도록 도와주기를 바란다.

그래서 많은 사람들이 남자는 40대의 나이가 되어야 진정한 어른으로서 아내와 자녀들에게 자신감을 줄 수 있다고 말한다. 이와 같이 마흔 살 전의 남자들은 대개 자신에 대해 잘 알지 못한다. 그래서 자신보다 어리고 약한 아내의 격려를 필요로 하는지도 모르겠다.

다음과 같은 몇 가지가 '어린아이' 같은 요소를 가진, 이른바 '어른 애'들의 행동이라 할 수 있다.

첫째, 그들은 어떤 작은 일이라도 자신이 의미를 부여한 것이면 쉽게 버리지 않고, 버릴 것을 강요해도 절대 듣지 않는다. 그들은 어린아이들처럼 소유욕이 강하다. 오래 입어서 해진 청바지를 입기 좋아한다거나, 다 떨어진 운동화를 고집스럽게 신는 것이다. 그러므로 이런 짓을 하지 말라고 하거나, 함부로

남자들은 나이가 들어 가정을 꾸리고 자녀까지 있어도 '어린아이' 같은 면이 많이 남아 있다.

버려서는 안 된다.

둘째, 그들은 간혹 아무 일도 하지 않으려 들 때가 있다. 한 예로 당신이 무척 지치고 피곤한 상태로 집에 들어갔을 때 많은 집안일이 쌓여 있어도 남편에게 도움을 청할 수 없을 때가 있다. 아무리 그에게 명령하고 시켜도 돌처럼 꿈쩍 하지 않을 것이다.

그 외에 *그들은 당신의 말이 설령 옳다는 것을 인정해도 그것을 명령하듯이 시키면 말을 듣지 않는다.* 겉으로는 말을 듣는다고 해도 그러는 척할 뿐 실제로는 자기 마음대로 다 할 것이다.

반대로 당신이 좋은 말로 권하고 설득하면 그들은 기분 좋게 의견을 받아들인다.

그들은 의지력이 약해서 담배가 몸에 좋지 않다는 것을 알면서도 끊지 못한다.

당신이 그에게 담배를 꼭 끊어야 한다고 요구하면, 그들은 아이들처럼 군것질을 하거나 자주 짜증을 낼 것이다.

귀여운 여자라는 말보다 지혜로운 여자라는 말을 듣고 싶다

마마보이 어른 만들기

당신이 조금만 주의해서 주변을 살펴보면 정신적으로 아직 미성숙한 유아적 남성을 쉽게 발견할 수 있을 것이다.

그들은 대부분 어릴 때 품었던 어머니에 대한 감정을 자기 아내에게 기대하며 그녀가 영원한 어머니역을 해주기를 원한다.

만약 그 아내 되는 여성이 천천히 그 단점을 고쳐주겠다는 결심을 했다면 큰 문제가 없겠지만, 그렇지 않다면 피곤해서 견디기가 대단히 어려울 것이다.

이런 '마마보이'형 남자들의 행동에는 다음과 같은 공통점이 있다.

그들은 아내 혼자서 모든 집안일을 처리해 주고 자신은 전혀 신경쓸 필요가 없기를 바라며, 동시에 자신이 필요로 하는 것에 대해서는 말하지 않아도 아내가 척척 알아서 신경써 주기를 바란다.

그들은 부부간에 발생한 어떤 문제에 직면해서는 습관적으로 모든 잘못된 책임을 아내에게 돌린다. 문제는 아내에게 있지, 자신은 아무 잘못이 없다고 단정하는 것에 길들여져 있는 것

이다.

이런 형의 남성을 대처하는 방법에는 다음과 같은 것들이 있다.

당신을 기분 나쁘고 속상하게 하는 모든 일에 대해 그저 이해하며 침묵으로 일관하는 태도는 전혀 도움이 안 된다.

서로 한번 깊은 대화의 시간을 마련해서 그가 안고 있는 문제점에 대해 정확하게 짚어주도록 한다.

또 남성으로 하여금 어머니에 대한 사랑과 증오·연민이나 동정 등의 *모든 복잡한 감정들에 대해 글로 써보도록 유도해서 마음속에 응어리진 것을 풀어주도록 한다.*

그리고 상대방에게 당신은 더이상 참을 수 없을 정도로 어머니의 그림자 역할을 하고 싶지 않다는 것을 솔직히 털어놓아 그가 당신의 상태를 알 수 있도록 한다.

상대방의 자존심이 상하지 않는 범위내에서 아내로서, 친구로서 그의 행동이 가져오는 파급효과에 대해 알려주어야 한다. 그가 하는 행동과 말이 진정 성숙한 남자와는 거리가 멀다

귀여운 여자라는 말보다 지혜로운 여자라는 말을 듣고 싶다

　는 것을 지적해 주고 그가 그런 의식에서 스스로 깨어나도록 도와준다.

　그의 엄마 역할이 당신에게 얼마나 힘들고 부담을 안겨주었는지, 그래서 이제 당신도 지쳐 오히려 남편의 도움이 필요하다고 솔직하게 고백하는 것이다.

　그리고 그가 집안의 가장으로서 책임져야 할 부분들에 대해 등한시한다면 더이상 아무 희망이 없다는 것을 알려주어야 한다.

　물론 그 책임은 경제적인 것뿐만 아니라 집안 분위기, 아내와 자녀들의 기분 등 모든 것에 해당한다는 것과 *가족 모두 그가 잘할 수 있다고 믿고 있다는 것을 이야기해 줌으로써 그가 용기를 갖도록 하는 것 또한 필요하다.*

　이런 방법으로 그 스스로가 자신이 더이상 어린아이가 아니며, 많은 책임과 의무를 져야 할 어른임을 깨닫게 해서, 남에게 의지하는 행동들이 유아적이고 유치한 것이었음을 알게 해주어야 한다.

성숙한 남성들은 이렇게 표현한다

　가치관의 변화에 따라 여성들의 결혼 상대자에 대한 조건 기준도 옛날과는 많이 달라졌다.

　젊은 여성일수록 그들 마음속에 이상형을 말해 보라고 하면 대부분 '키가 크고 건강하며 세련된 남자'라고 이야기한다.

　이렇게 그들은 상대방의 외형적인 조건을 중요하게 따지는 반면 성격이 어떠한가도 본다. 여성들은 그 중 지적이고 다정다감한 성격의 남자를 공통적인 이상형으로 꼽았다.

　그렇다면 *성숙한 남성들은 과연 어떤 성격을 가졌을까?*

　◈ 그들은 여자가 사소한 일로 화를 낼 때 말없이 들어주며 곁에 있어 준다.

　그리고 상대방이 진정될 때를 기다려 화가 풀린 후에야 그 문제에 대해 이성적으로 토론해 나간다.

　그들은 기분이 나쁘다거나 우울할 때에도 절대로 상대 여성에게 화풀이를 하거나 짜증내지 않는다.

　◈ 그들은 가능한 한 자신의 불쾌한 감정이 상대방에게 전이

귀여운 여자라는 말보다 지혜로운 여자라는 말을 듣고 싶다

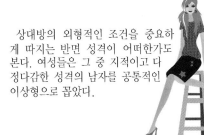

상대방의 외형적인 조건을 중요하게 따지는 반면 성격이 어떠한가도 본다. 여성들은 그 중 지적이고 다정다감한 성격의 남자를 공통적인 이상형으로 꼽았다.

되지 않도록 자제하며, 타인에 대해 배려하는 마음으로 행동한다.

그들은 간혹 둘이 싸웠다고 해도 먼저 여자에게 사과할 줄 알며, 절대로 그 싸움의 후유증을 남기지 않게 함으로써 상황을 악화시키지 않는 지혜로움을 보인다.

◈ 여성들이 이해심과 포용력이 많은 것을 알지만, 성숙한 남성들은 여자가 신경이 날카로워졌을 때에는 그것을 가장 가까운 사람인 자신에게 풀어 놓을 수도 있다고 생각하여 일일이 그 문제에 대해 따지려 들지 않는다.

◈ 성숙한 남자는 상대방의 옛 애인이나 남자친구에 대한 질투심 때문에 여자를 괴롭히지 않는다.

또 상대방이 자신에게 충실하지 않은 일을 했다 하더라도 결코 무식한 방법으로 폭력을 사용하거나 감정적으로 처리하려 하지 않는다.

◈ 그리고 상대방의 잘못에 대해 일일이 따지지 않으며, 화를 내지 않고 감싸줄 수 있는 것에 대해서는 최대한 감싸준다.

절대로 그 싸움의 후유증을 남기
지 않게 함으로써 상황을 악화시키
지 않는 지혜로움을 보인다.

그러나 감싸줄 수만은 없는 문제들에 대해서는 그 잘못에 대
한 불만을 솔직하고 차분하게 이야기하여 상대방으로 하여금
반성하고 고치도록 한다.

　◈ 성숙한 남자는 상대 여성으로 하여금 고마움을 느끼게 하
고 위로가 될 수 있는 이야기를 자주 들려준다.

귀여운 여자라는 말보다 지혜로운 여자라는 말을 듣고 싶다

친구와 애인을 같은 기준으로 볼 때

여성들은 일단 애인이 생기거나 결혼을 하고 나면 모든 신경을 상대 남자에게 쏟고 두 사람만의 세계에 취해서 여자친구들과의 관계에 소홀해지는 것이 대부분이다.

그러나 남자들은 다르다. 그들은 여자와 달라서 그림자처럼 날마다 붙어 지내려 하지 않는다.

그리고 쉽게 친구가 되지는 못하지만 일단 친구가 되고 나면 거의 평생을 지속하려고 한다.

그런데 왜 남자들은 여자들처럼 친한 친구간에도 자신의 비밀이나 고민을 이야기하지 못할까?

그런 부분에 대해 남자들은 묘한 심리를 가지고 있다. 여자들도 그런 남성 심리에 대해 알아두면 좋을 것이다.

대부분의 *남자들은 감정을 표현하는 기술에 있어 서툴고 부족한 면이 많다.*

예를 들어, 절친한 친구가 부친상을 당해 슬퍼하며 울고 있어도 그들은 여자들처럼 같이 울어주거나 위로의 말을 쉽게 하지 못한다. 단지 아무 말 없이 조용히 옆에 앉아서 친구가 진

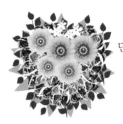 남자들은 친구들과의 의리를 대
단히 중요하게 생각한다.

정되기만을 기다려 줄 뿐이다.

그들의 이런 행동은 정이 없어서가 아니라 단지 부드럽게
달래줄 말을 하는 데 습관이 되어 있지 않아서일 뿐이다.

남자들은 친구 사이에 못할 말이 없을 만큼 절친한 관계라 해
도 자기 마음속의 진실한 감정을 여자들처럼 쉽게 털어놓지
못하는 면이 있다.

또 남자들은 친구들과의 의리를 대단히 중요하게 생각한다.
그래서 비록 여자들처럼 우루루 몰려서 백화점으로 쇼핑을 간
다거나 영화구경을 하러 가는 경우는 드물지만, 일단 자기 친
구가 급하게 돈이 필요하거나 차를 빌려야만 할 때는 최선을
다해서 도와준다.

그들은 친구에게서 형제와 같은 감정을 갖는 것이다. 그러
나 여자의 경우는 가장 친한 친구라고 해도 서로 질투하거나
미워하는 감정이 생길 수 있다.

남자들은 경우에 따라 친구를 형제나 부모보다 더 가깝게 생
각하고 믿는다. 그들은 일단 애인이 생기면 가장 먼저 친구에

귀여운 여자라는 말보다 지혜로운 여자라는 말을 듣고 싶다

남자들은 경우에 따라 친구를 형제나 부모보다 더 가깝게 생각하고 믿는다.

게 소개한다. 자기 가족에게는 자신이 분명히 이 여자와 결혼을 하겠다는 결심이 선 후에야 선을 보이는 것이다.

　결혼에 대해서도 *남자들은 여자보다 훨씬 자립적이라고 할 수 있다.* 만약 부모가 자신이 원하는 결혼을 반대할 경우, 여자들은 대부분 용기를 잃고 쉽게 포기하는 반면, 남자들은 부모의 반대 때문에 자신의 결혼을 포기하는 것을 대단히 유치하게 생각하여 끝까지 밀고 나가는 편이다.

남자가 싫어하는 여자들의 단점

사랑하는 연인들은 만남이 계속되고 그 열정이 식어가면서 자연스럽게 상대방의 단점을 발견하게 되며 약점이 눈에 들어오기 시작한다. 그 중 *남성들이 수용할 수 없는 여성들의 공통적인 단점에는 어떤 것이 있을까?*

◈ 사소한 일에도 화를 잘 내고 토라지는 것이 무엇보다 우선일 것이다. 예를 들어, 레스토랑의 음식과 분위기가 마음에 들지 않거나 남자가 조금만 약속시간을 어기면 앞뒤 상황을 살피기도 전에 화부터 내며 상대방의 설명을 들으려 하지 않는다.

◈ 또 남자가 항상 자기 곁에만 있어 주길 요구하는 점이다. 남자에게 일일이 언제 어느 때 자기에게 전화하라고까지 얘기한다. 그 외에도 어떤 일을 할 때 사소한 것이라도 보고해 주길 요구하며, 만약 한 번 약속을 지키지 않으면 대번에 신경질적으로 변해 버린다.

◈ 남자가 양보해 주는 것을 당연하게 받아들이는 여자도 남

귀여운 여자라는 말보다 지혜로운 여자라는 말을 듣고 싶다

남자가 양보해 주는 것을 당연하게 받아들이는 여자도 남자들은 싫어한다.

자들은 싫어한다. 남자가 양보해 주는 것을 당연한 것으로 여기고 습관이 되어 버린 여자들은 남자가 양보해 주지 않고 자기와 의견 대립을 보이면 견디지 못하고 금세 토라진다.

◈ 그리고 남자친구끼리 만나는 모임에도 의심을 품고 함께 가려는 여자를 남자들은 싫어한다. 더욱이 그런 모임에서 여자가 불쾌한 표정을 짓거나 유치하게 친구들 앞에서 창피한 행동을 할 경우라면 남자들은 절대 용납하지 못한다.

◈ 사소한 일을 가지고 남자에게 하루 종일 잔소리를 퍼부어대며 남자가 바보스러운 짓을 해서 자기가 손해를 보게 되었다고 암시를 줄 때도 그렇다.

◈ 사귄 지 오래되었다 해서 완전히 긴장을 풀고 느슨해져서 외모에 신경을 전혀 안 쓰고 언행에도 주의하지 않으며 행동이 이기적이 될 때, 남자들의 애정은 북풍을 만난 듯 급속도로 식어간다.

◈ 그 외에도 외출을 하게 될 때 꼭 유행하는 옷만을 입으려들고 화장을 지나치게 해서 주위 사람들이 자신에게만 주목하

남자친구끼리 만나는 모임에도 의심을 품고 함께 가려는 여자를 남자들은 싫어한다.

기를 기대하는 경우도 그렇다. 또 타인에 대한 양보심이나 배려가 전혀 없는 여자들, 이들은 버스 안에서도 나이든 노인이나 몸이 불편한 사람에게 자리를 양보하는 법이 결코 없다.

◈ 마지막으로 여성 우월주의에 빠져 지나치게 강하게 행동하는 여성들도 남성들은 이해하기 어려워한다.

귀여운 여자라는 말보다 지혜로운 여자라는 말을 듣고 싶다

남자들은 깊은 정을 두려워한다

여자들이 인생에서 또는 현실 속에서 가장 소중하고 가치있게 생각하는 것은 다름아닌 사랑이다. 그러면 남자들은 어떤가?

남자들의 애정관은 대부분 이렇다.

그들은 많은 것을 소중하게 생각한다. 그 중 가장 소중한 것이 일이며, 그 다음 친구, 그 다음 취미생활, 자녀, 아끼는 자동차, 기타 등등. 그리고 가장 마지막으로 생각하는 것이 자기의 배우자, 즉 아내일 것이다.

많은 남성들의 잠재의식 속에는 *한 여성에게 깊이 빠져드는 것을 두려워하거나 거부하는 면이 숨겨져 있다.* 그렇게 한 여성에 대해 깊이 정이 들어버리면 자기 자신도 모르게 주위의 다른 일을 포기하게 될 것이라고 생각하기 때문이다.

남성들은 근본적으로 이기적인 면을 많이 가지고 있다. 그들은 어느 한 여자에게 얽매여 그 자신을 바치는 것을 싫어한다. 오히려 그보다는 *자신의 생활권을 넓히고 다방면의 사람들과 관계를 유지하는 것을 더 좋아한다.*

　'일이냐, 사랑이냐'라는 문제를 놓고 많은 갈등에 놓인 남자들은 대부분 일을 먼저 선택한다. *남자들은 일로써 지켜지는 자존심과 남으로부터의 존경을 더 크고 중요하게 생각하기 때문이다.*

　반면, 그들은 헌신적으로 뛰어야 하는 사회생활을 통해 많은 압력과 스트레스에 부딪혀 정신적으로 긴장해 있기 때문에 여자들에 비해 감정적으로 훨씬 낭만적이지 못하다.

　또한 순조롭게 발전해 가는 이성간의 교제도 어느 시기가 되면 주춤거리거나 끊어버리고 싶어한다. 그러면서도 관계가 완전히 끊어지고 나면 괴로워 어쩔 줄 몰라 하는 것이 남자들인 것이다.

　이것은 그들 자신이 스스로에 대해서는 잘 알지도 못하면서 신선한 충격이나 새로움을 좋아하고 좇아가는 듯하다가도 곧잘 자신의 감정을 냉정하게 관찰하는 자기반성의 시간으로 돌아오기 때문이다.

　여성들의 가장 큰 두려움이 상대방에게 사랑을 받지 못하는

귀여운 여자라는 말보다 지혜로운 여자라는 말을 듣고 싶다

한 여성에 대해 깊이 정이 들어버리면 자기 자신도 모르게 주위의 다른 일을 포기하게 될 것이라고 생각하기 때문이다.

것이라면, 남성은 사회적으로나 개인적으로 성공하지 못하고 실패하는 경우일 것이다.

그들은 *실패로 인해 남들로부터 좋은 인상과 능력을 인정받지 못하는 것에 대해 가장 큰 두려움을 갖는 것이다.* 그러므로 남성은 여성과 다르게 사랑 외의 일에 더 많은 신경을 쓰는 것이다.

사연이 담긴 추억을 함부로 빼앗지 마세요

아무리 포용력이 많고 이해심이 넓은 남자라고 할지라도 쉽게 포기하지 않고 고집을 세우는 이상한 일들이 몇 가지 있다.

이런 경우 만약 그의 연인된 입장으로 그를 억지로 변화시키려 든다면 아주 나쁜 결과를 초래할 수 있다.

다음과 같은 몇 가지는 남자가 아무리 상대방을 위한다 해도 포기하지 않는 일들이다.

스포츠를 좋아하는 남자라면 텔레비전 스포츠중계를 구경하는 것을 무엇보다 좋아할 것이다. 그래서 *총명한 여자라면 그의 즐거운 시간을 빼앗지 않는다.*

그들은 비록 못 쓰는 물건이라도 사연이 담긴 추억의 물건이라면 오래도록 보관하려고 한다. 예를 들어 오래된 크리스마스 카드를 모아 놓은 것이나 낡은 손목시계, 골동품이 된 전축 등이 그렇다.

그들은 오래된 친구든 새로 사귄 친구든 친구에 대해서는 무조건 소중하게 생각한다. 그래서 친구에게 무슨 일이 생기면 천 리를 멀다 않고 발벗고 나서는 것이다.

귀여운 여자라는 말보다 지혜로운 여자라는 말을 듣고 싶다

비록 못 쓰는 물건이라도 사연이 담긴 추억의 물건이라면 오래도록 보관하려고 한다.

만약 그의 친구 중 마음에 안 드는 친구가 있다고 해서 그에게 사귀지 말라고 강요하거나 종용해서는 안 된다. 아무리 입 아프게 떠들어도 소용이 없을 것이다. 그 자신이 스스로 친구가 싫어져서 만나지 않는 한은 말이다.

남자들은 대부분 떨어지고 낡은 옷에 대해서도 상당한 집착을 보인다.

오래 입었던 티셔츠나 청바지를 특별히 소중하게 여기고 버릴 생각을 하지 않는다. 또는 자신이 참가한 운동경기에서 입었던 유니폼이나 기념품 등도 나름의 깊은 사연을 새겨놓고 아름다운 추억으로 회상하려 하기 때문에 그것들을 소중히 보관하려고 한다.

남성들은 길거리를 아무 목적 없이 배회하는 것을 좋아하고, 차를 몰아 교외의 한적한 곳으로 드라이브를 나가 기분전환하는 것을 좋아한다.

그외에도 첫사랑이었던 여자의 사진이나 편지, 그리고 추억이 담긴 물건 등을 쉽게 포기하지 않는다.

오래 입었던 티셔츠나 청바지를
특별히 소중하게 여기고 버릴 생각
을 하지 않는다.

이런 것은 당신을 사랑하지 않거나 옛 연인을 그리워해서가
아니라, 단지 *자신을 설레게 했던 순수한 지난 세월을 간직하
고 싶어서이다.*

그것은 질투할 차원의 문제가 아니다. 지금이라도 옛 연인과
당신을 놓고 선택하라고 한다면 그는 틀림없이 당신을 택할
것이다. 그러므로 *그에게 옛날의 그림자를 지우도록 강요하
지 말라. 당신에 대한 인상만 나빠질 뿐이다.*

귀여운 여자라는 말보다 지혜로운 여자라는 말을 듣고 싶다

여자의 약점을 이용하는 남자들의 지혜

사람과 사람 사이의 관계에는 반드시 갈등이 존재하기 마련이다. 사귄 지 오래되는 연인이나 결혼생활이 오래된 부부 사이는 더욱 그렇다. 처음에는 말로 다툴 것이고, 그 다음에는 냉전기간을 유지하다가 결국에는 안 좋게 헤어지는 경우가 허다하다.

현명한 남자라면 이런 문제에 부딪쳤을 때 슬기롭게 대처할 수 있는 안전대책을 미리 세워두기 마련이다. 이런 점을 여성들도 파악하고 있다면 문제를 좀더 순조롭게 해결하여 유리한 입장에 놓일 수 있을 것이다.

남성들이 쓰는 방법을 살펴보면 대개 이렇다.

그들은 아내나 연인과 *어떤 문제에 대해 의견일치를 보지 못했을 경우 화제를 일부러 전혀 상관 없는 쪽으로 돌린다.* 이런 방식으로 여자가 주장하던 관점을 흐리게 하여 나중에는 여자 스스로 수동적인 입장이 되도록 해서 자기 주장을 관철시킨다.

또다른 방법은 '아무 말도 하지 않는 것이 제일이다'라는 태도

현명한 남자라면 이런 문제에 부딪
쳤을 때 슬기롭게 대처할 수 있는 안
전대책을 미리 세워두기 마련이다.

로 더이상 대화를 진전시키지 않고 이야기를 중단한 채 마치 아무 일 없었던 것처럼 조용히 텔레비전만 들여다보는 것으로 여자를 초조하게 만든다.

여자가 먼저 잘못 판단한 것이라고 시인하고 의견을 취소하길 기다리는 것이다. *남자들은 말을 많이 하면 분명 탈이 난다는 것을 알고 있는 것이다.*

어떤 남성들은 '발 하나 있는 까마귀가 먹이 찾기 힘들다'는 말처럼 일단 도망치기 작전을 펼친다.

아내와의 정면충돌을 피하는 것이다. 혼자서 떠들 수는 없으므로 자연히 시간이 흐르면 화를 풀고 상대 남자의 잘못을 무마해 줄 것이라고 생각하는 것이다.

남자들은 아내나 자기 연인에게 잘못을 저질렀을 때에는 대개 이런 방법을 쓴다. 즉, 여자들이 대부분 마음이 약하다는 점을 이용하는 것이다.

그들은 절대 말로써 상대방에게 용서해 달라고 빌지 않는다. 단지 상대방에게 더 잘해 주는 것으로 위기를 넘기려고 한다.

남성들은 '발 하나 있는 까마귀가 먹이 찾기 힘들다'는 말처럼 일단 도망치기 작전을 펼친다.

   자신이 잘못했을 경우 평소와는 다르게 하기 싫어하던 집안의 힘든 일을 처리하고 땀흘리는 모습을 보여줌으로써 아내를 감동시키는 것이다.

   평소에 그녀가 요구하던 선물을 사주거나 분위기 있는 곳으로 데려가서 기분전환을 시켜주기도 한다. 그러고는 '당신을 사랑해. 나한텐 당신밖에 없어. 당신은 나의 천사야'라는 말을 계속해 더이상 화를 낼 수 없게 만든다.

   이런 방법이 바로 여자의 약점을 이용한 남자들의 '위기탈출 작전'이다.

남자들은 이럴 때 거짓말을 하지요

대부분의 남자들은 여자들 앞에서 본의 아니게 '거짓말쟁이'가 된다. 그것이 선의이든 악의이든 자신의 목적에 따라 기술 좋은 거짓말쟁이로 변하는 것이다.

여자들은 솔직한 편이라 무슨 거짓말을 하려면 기분이 불안해져 말이 잘 나오지 않는데, 이 점에서 *남자들은 거짓말 전문가라고도 할 수 있다.*

남자들이 거짓말하기 쉬운 상황이나 습관을 알아본다.

◆ 절대로 자신의 감정을 솔직하게 이야기하지 않는다. 예를 들어, 파트너의 옷차림이 마음에 들지 않아도 그들은 예쁘다고 칭찬을 한다. 그녀의 센스를 높이 평가하는 듯한 표현을 해 주는 것이다.

왜 그러는가? 그들은 무엇보다도 자신이 두 가지 선택밖에 할 수 없다는 것을 알고 있기 때문이다. 하나는 정직하게 얘기해서 분위기를 깨거나, 아니면 어쩔 수 없이 거짓말을 해서 좋은 분위기를 유지하는 것이다.

귀여운 여자라는 말보다 지혜로운 여자라는 말을 듣고 싶다

남자들은 여자들 앞에서 본의 아니게 '거짓말쟁이'가 된다. 그것이 선의이든 악의이든 자신의 목적에 따라 기술 좋은 거짓말쟁이로 변하는 것이다.

◈ 여자를 처음 만난 자리에서는 자신감이 없다는 것을 드러내지 않는다. 왜냐하면 그들의 천성적인 자존심이 그것을 허락하지 않기 때문이다.

◈ 자신의 건강에 대한 거짓말도 잘한다. 그들은 건강에 자신이 없을수록 그것을 숨기려는 의도가 다분한 거짓말을 하게 된다. 상대방이 어떻게 나올지에 대한 확신이 서지 않을 뿐더러 자신감을 잃게 될까 두렵기 때문이다.

◈ 일단 자신이 뱉은 거짓말에 대해서 인정하려 들지 않는다. 예를 들어 여자친구를 초대하면 그녀가 오기 전에 방을 깔끔하게 청소해 놓는다.

그러나 여자친구가 나 때문에 이렇게 신경써서 청소를 한 것이냐고 물으면 그들의 대답은 틀림없이 '아니야. 평소에도 늘 이렇지'라고 말하는 것이다.

부모의 말이 자신에게 큰 영향을 미친다는 사실을 밝히기 싫어한다. 따라서 현재 사귀고 있는 여자친구를 집안에서 반대할 경우 어떻게 할 것이냐고 물어보면, 그들은 내 일은 내가

여자친구기 나 때문에 이렇게 신경써서 청소를 한 것이냐고 물으면 그들의 대답은 틀림없이 '아니야. 평소에도 늘 이렇지'라고 말하는 것이다.

알아서 결정한다고 큰소리치며 자신에게 모든 결정권이 있는 것처럼 이야기한다. *자신의 신체조건에 대한 거짓말도 잘한다.*

　◈ 흔히 교제중인 여성에게 '나는 당신의 과거를 문제삼지 않는다'라고 얘기하는 남자의 말은 백발백중 거짓말이다. 그들이 가장 크게 영향을 받는 것이 바로 그 문제이기 때문이다.

　◈ 자신이 못하는 운동이나 무섭고 두려워하는 일에 대해 인정하기 싫어한다.

　◈ 자신이 현재 하고 있는 일에 대해서는 과장되게 얘기함으로써 파트너에게 존경을 받으려 하는 것이 일반적이다.

귀여운 여자라는 말보다 지혜로운 여자라는 말을 듣고 싶다

이성의 마음을 사로잡는 방법

결혼 적령기가 넘었는데도 배우자를 만나지 못해 혼자 사는 여성들은 간혹 가정을 만들고 행복을 누리며 사는 친구나 주위사람들을 보게 될 때 우울하고 속상한 기분에 휩싸이게 된다.

그런데 그러한 입장에 있는 *여성들 대부분은 그 원인이 자기 자신에게 있다는 사실을 알지 못하는 경우가 많다.* 자신의 모습을 바로 보지 못하는 약점을 가지고 있는 것이다.

만약 당신이 그같은 경우라면, 그리고 이성의 마음을 사로잡고 싶다면 어떻게 하는 것이 좋은가?

첫째, 자신과 맞지 않는 상대라는 판단을 내린 사람과는 계속 교제하지 않는 것이 좋다. 또한 여러 사람들과 동시에 지속적인 만남을 가지는 것도 좋지 않다. 그것은 오히려 감정을 낭비하는 결과를 낳게 된다.

무엇보다 가장 중요한 것은 배우자를 선택하는 기준을 너무 높게 세우지 않아야 한다는 데 있다. 한 가지 조건이 자기가 한 남자를 사랑하게 되면 외형적으로는 자유가 상실된 것처럼 보이거나 자신만의 시간을 잃어버린 것처럼 여겨질지 모르지만, 내면적인 마음의 안정으로 더욱 아름답고 자유스러운 세상을 만나기 때문이다.

정한 기준과 차이가 있거나 조금 부족하다고 해서 거절하지 말라는 뜻이다.

예를 들어 키가 작다, 가정 환경이 나쁘다, 학력이 낮다 등의 이유로 그 사람 자체를 알기도 전에 돌아선다면 좋은 인연을 놓쳐버리는 결과를 가져오게 된다. 이것은 현실적인 조건이 중요하지 않다는 이야기가 아니라 무엇보다도 두 사람의 '사랑'을 최우선으로 하라는 말이다.

이 세상에서 결혼 상대자에게 한 가지 흠도 발견하지 못하고 완벽한 상태로 결혼에 성공하는 사람들은 없다. 다만 결혼 생활에서 그것으로부터 큰 영향을 받지 않는 것이고, 또 그러려고 노력하는 것뿐이다.

둘째, 너무 자신의 일에만 많은 시간을 쏟지 말아야 한다. 부드럽고 달콤한 느낌을 주는 영화감상이나 음악회, 또는 이성들 간의 짧은 여행 모임 등에 참석하여 연애하는 기분과 감정이 어떠한가를 간접적으로 느껴보는 것이 좋다.

행복한 가정을 이루기 위해서는 결혼 전에 연애 분위기를 잘

귀여운 여자라는 말보다 지혜로운 여자라는 말을 듣고 싶다

알아둘 필요가 있다.

　만약 이런 감정을 겪어보지도 못하고 결혼생활에 접어들면 그들은 자기 멋대로 행동하며 상대방의 생각과 기분을 전혀 생각해 주지 않는 편집적인 성격이 되기 쉽다.

　남자들은 모두 부드럽고 사랑스러운 천사 같은 여성과의 결혼을 원하지, 무서운 여왕 같은 여자와의 결혼생활을 꿈꾸지 않는다.

　그러므로 어느 한 남자에게 푹 빠져 사랑의 포로가 되면 자유가 없어질까 미리 두려워하거나 거부하지 말아야 한다. 실제로

　사랑에 대해 너무 긴장하거나 경직된 태도를 갖지 말라. 그것은 당신의 그런 태도는 상대방을 당황스럽고 두렵게 만들어 당신에게 매력을 느낄 엄두조차 내지 못하게 만들기 때문이다.

남자를 여유있게 리드하세요

여자가 남자를 만나 호감을 느끼고 감정을 발전시켜 나갈 때 실수하기 쉬운 몇 가지 문제가 있다.

아주 작고 사소한 것이라 무시하고 넘어가기 쉽지만, 자신이 좋아하는 남자와의 만남을 성공으로 이끌기 위해서는 꼭 필요한 다음의 사항들을 깊이 새겨두라.

◈ 첫 만남을 가졌을 때 여자쪽이 그날의 모든 스케줄을 일방적으로 다 정해버리는 것은 지혜로운 처사가 아니다.

아무리 시대가 변하고 여성의 힘이 강해졌다고 해도 여자의 적극성이 도를 지나치거나 남자의 존재를 무시하는 행동이나 말은 삼가야 한다.

남자들은 자연스러우면서 자유로운 것을 좋아한다. 그러므로 여자가 정한 스케줄의 내용이 마음에 들고 안 들고를 떠나 그것에 끌려다니는 것 자체를 싫어하는 것이다.

예를 들어, 당신과 마찬가지로 상대방 역시 당신에게 호감을 갖고 있다는 것을 알고 그에게 먼저 용기를 내어 저녁 약속을

귀여운 여자라는 말보다 지혜로운 여자라는 말을 듣고 싶다

자신이 좋아하는 남자와의 만남을 성공으로 이끌기 위해서는 꼭 필요한 다음의 사항들을 깊이 새겨두라.

청해 그것이 이루어졌다고 하자. 그러면 식사 후의 나머지 스케줄은 상대방의 의견을 존중하고 함께 상의한 후 결정하는 것이 좋다.

◆ 또 남자로 하여금 돈을 너무 많이 쓰게 하는 것도 곁에서 멀어지게 하는 이유가 된다. 만약 아주 비싼 고급 레스토랑에서 최고급 요리를 저녁식사로 먹으면서 '내가 가장 좋아하는 선물은 다이아몬드예요'라고 말한다면 대부분 남자들은 아마 두번 다시 당신을 만나려 하지 않을 것이다.

◆ 남자가 아무리 마음에 들고 당신의 눈에 진실하게 보인다 해도 섣불리 남자를 집으로 초대하는 것은 경솔한 행동이 될 것이니 주의해야 한다.

많은 남자들은 이런 경우 상대 여성이 자신에게 호감을 갖고 좀더 깊이 있게 자신에 대해서 알고 싶어하는 것이라고 생각하는 것이 아니라, 자신과의 육체적인 관계를 갖고 싶어하는 암시로 잘못 받아들여 당신을 좋게 생각하지 않기 때문이다.

◆ 만난 지 얼마 되지 않아서 이렇게 남자와 육체관계를 갖

아무리 시대가 변하고 여성의 힘이 강해졌다고 해도 여자의 적극성이 도를 지나치거나 남자의 존재를 무시하는 행동이나 말은 삼가야 한다.

기 원한다는 오해를 산다면 그는 당신을 가볍고 쉬운 여자로 생각해 함부로 대할 것이다. 그리고 '나중에 나와 결혼한 후에도 다른 남자와 이렇게 쉽게 관계를 가지려 하겠지'라는 생각에 사로잡혀 헤어질 마음부터 먹는다.

사실 남자들 대부분은 마음에 드는 여자와는 만나자마자 관계부터 갖고 싶어한다. 그러면서도 쉽게 몸을 허락하는 여자들에 대해서는 실망하고 무시하는 철저한 이중성을 지니고 있다. 바로 그러한 여성에게는 믿음을 가질 수 없다는 생각에서 비롯한 것이다.

따라서 비록 남자가 먼저 관계를 갖자고 요구하더라도 여자는 그 청을 쉽게 받아들이지 말아야 한다. 그렇게 하는 것이 결국에는 남자들로 하여금 당신을 더욱 매력적인 여자로 느끼게 만들어 당신을 소중하게 아끼게끔 한다.

◈ 또 남자의 사생활에 너무 궁금해 하거나 노골적으로 드러내어 꼬치꼬치 캐묻지 않는 것이 좋다. 남자들은 천성적으로 자유롭기를 원하기 때문에 비록 연인일지라도 자신의 모든 사

귀여운 여자라는 말보다 지혜로운 여자라는 말을 듣고 싶다

세상에는 무슨 일이든 순서가 있는 법이어서 그 순서를 거스르거나 깨지 않는 것이 좋을 뿐더러 성공으로 가는 가장 빠른 길이 될 것이다.

생활을 공개하지 않으며, 그것이 노출될 경우 대단히 불쾌하게 생각한다.

누구라도 상대방의 시간을 완전히 점유할 수는 없을 뿐 아니라 불가능한 일이다. 그러므로 아무리 궁금하더라도 그가 이야기하지 않는 것들에 너무 알려고 하지 않는 것이 현명하며, 시간을 두고 기다려 보는 지혜가 필요할 것이다.

◈ 몇 번 만났다고 해서 마치 석양 아래서 휴가를 함께 즐기고 있는 것처럼 너무 친근하게 상대방을 대하면 그에게 좋은 인상을 주기 어렵다.

세상에는 무슨 일이든 순서가 있는 법이어서 그 순서를 거스르거나 깨지 않는 것이 좋을 뿐더러 성공으로 가는 가장 빠른 길이 될 것이다. 남녀 관계도 마찬가지라고 생각된다.

◈ 이와 마찬가지로 모든 신경을 상대방에게 쏟고 다른 일에는 전혀 흥미가 없는 것처럼 행동하는 것도 상대방을 피곤하게 만드는 지름길이다. 그것은 사람이 과한 욕심을 부려 소화불량에 걸리는 것과 같은 이치이기 때문이다.

남자들은 천성적으로 자유롭기를 원하기 때문에 비록 연인일지라도 자신의 모든 사생활을 공개하지 않으며, 그것이 노출될 경우 대단히 불쾌하게 생각한다.

◆ 남자를 기쁘게 한다는 생각으로 처음부터 상대방에게 너무 많은 것을 양보하고 잘해 주는 것도 좋은 태도라고 보기 어렵다. 그렇게 되면 상대방은 당신이 잘해 주는 것을 당연하게 받아들이며, 그것에 대한 소중함이나 고마움을 전혀 느끼지 않는 무감각한 상태가 되어 버리기 때문이다.

따라서 당신이 함께 있으므로 해서 많은 즐거움과 편안함을 느끼고 있으며, *당신이 없을 경우 아주 불편하고 재미없는 생활이 된다는 점만 알게 한다면 그것으로 충분하다.*

귀여운 여자라는 말보다 지혜로운 여자라는 말을 듣고 싶다

나이차가 많이 나서 괴로운 사랑

당신이 만약 당신보다 나이 어린 남자와 결혼하기로 결정하였다면 그 이후에도 주위 사람들로 인해 망설여지거나 고민 속에 빠지는 경우를 겪게 될 것이다.

나이차가 너무 많은 연상의 늙은 남자와 결혼하게 될 때에도 상황은 마찬가지다.

그러나 당신이 *다음과 같은 조건에 해당하는 사람이라면 자신의 애정이나 결혼, 앞날에 대해 걱정할 필요가 없다.*

◈ 사회의 새로운 현상에 대해 쉽게 수용할 수 있으면서도 어느 정도의 보수적인 성격을 가지고 있는 여성.

예를 들어, 찢어진 청바지를 입는 것에 대해 크게 못마땅해하는 입장이기 보다 오히려 귀엽고 멋있다고 생각한다. 하지만 자신은 절대로 그런 스타일의 옷을 입지 않는다.

◈ 자신의 일이나 생활방식에 어느 정도 독립적이지만 감정적으로는 의지를 많이 하는 여성.

◈ 자신보다 나이 많고 성숙한 사람과 친구로 사귀길 좋아하

찢어진 청바지를 입는 것에 대해 크게 못마땅해하는 입장이기 보다 오히려 귀엽고 멋있다고 생각한다. 하지만 자신은 절대로 그런 스타일의 옷을 입지 않는다.

는 여성. 한편 동갑내기나 연하의 남자에게는 별로 관심이 가지 않는 편이다.

◈ 평소에도 정열적이고 현대적인 남자보다는 다소 보수적이더라도 포용력 있는 성숙한 남자를 결혼상대자로 선택할 것이라고 생각하고 있는 여성.

◈ 개성이 강하고 고집이 센 여성.

이런 여성은 남자와 사귈 때에도 융통성이 부족해 장차 시부모 될 분들과의 관계가 좋지 못했던 여성들이 오히려 결혼한 후에 남편의 인내심과 이해심에 도움을 받아 좋은 관계를 유지하는 경우도 흔하다.

◈ 낭만적인 성격을 갖고 있는 여성.

그래서 세상 어디엔가 정말로 순수하고 낭만적인 사랑이 존재하리라 믿으며, 그것을 기다리고 찾아다녔던 당신이라면 아마도 나이가 비슷한 남성과 함께 있는 것을 시시하게 여길 것이다. 이런 여성은 자신과 나이차가 많고 자상하게 아껴주는 아버지나 오빠 같은 사람을 만나야 만족한 분위기 속에서 안

귀여운 여자라는 말보다 지혜로운 여자라는 말을 듣고 싶다

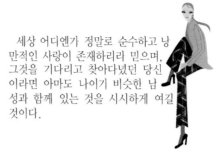

세상 어디엔가 정말로 순수하고 낭만적인 사랑이 존재하리라 믿으며, 그것을 기다리고 찾아다녔던 당신이라면 아마도 나이가 비슷한 남성과 함께 있는 것을 시시하게 여길 것이다.

정된 사랑을 나눌 수 있으리라고 생각된다.

그러나 이와 같은 조건들을 모두 갖추고 있다고 해서 자신과 나이차가 많이 나는 남성과 평생 함께 살기로 결정한 여성들이라면 생각해야 할 것은 *나이차가 아니라 세대차라는 사실이다.*

이것은 연애할 때 쉽게 느낄 수 없는 것으로 결혼을 하여 살아가면서 뜨거웠던 사랑이 식어가면서 오직 이해심과 서로의 믿음으로 부부 사이를 유지해야 할 때 비로소 드러나기 시작하는 문제점이라는 것을 명심해야 한다.

그러면 어떻게 결혼하기 전에 상대방이 그런 타입의 남자라는 것을 알 수 있을까?

◈ 만약 당신이 미니스커트를 입었을 때 귀엽고 사랑스럽다고 칭찬을 하며 당신에게서 젊음의 활기를 느껴 자신도 젊어지는 기분이라고 표현하는 것이 아니라, 못마땅해 하는 편이

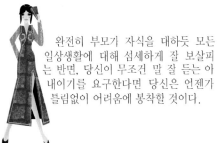

완전히 부모가 자식을 대하듯 모든 일상생활에 대해 섬세하게 잘 보살피는 반면, 당신이 무조건 말 잘 듣는 아내이기를 요구한다면 당신은 언젠가 틀림없이 어려움에 봉착할 것이다.

라면 그는 분명히 여자가 결혼을 하면 남편과 자식 중심으로 집안일에만 전념해야 한다고 생각하는 사람이다.

◈ 또 당신이 어느 날 친구와 디스코장에서 놀다가 밤늦게 집에 들어왔을 때, 밤늦게 귀가하는 것은 위험하니 앞으로는 그렇게 하지 말라고 얘기하는 것이 아니라, 교양이 없는 것이라고 표현하며 다시는 그런 일이 없도록 하라고 윽박지르는 남자라면 분명 세대 차이를 가진 사람이다.

◈ 앞으로 낳을 자녀에 관한 이야기를 나누게 될 때, 당신을 아끼고 존중하는 마음으로 당신이 힘들지 않은 범위에서 자식을 낳아 키우자고 말하는 것이 아니라, 자기의 뿌리이므로 무조건 많이 낳아서 길러야 한다고 요구하는 남자라면 마찬가지로 곤란하다.

◈ 완전히 부모가 자식을 대하듯 모든 일상생활에 대해 섬세하게 잘 보살피는 반면, 당신이 무조건 말 잘 듣는 아내이기를 요구한다면 당신은 언젠가 틀림없이 어려움에 봉착할 것이다.

귀여운 여자라는 말보다 지혜로운 여자라는 말을 듣고 싶다

낭만적인 사랑도 좋지만 미래의 자
기 인생까지도 냉정하게 볼 줄 아
는 태도를 키워 나가는 것이 무엇
보다 중요하다.

자신과 나이차가 많이 나는 남성과의 결혼을 생각하는 대개
의 여성들은 환상적이고 낭만적인 것을 꿈꾸는 편이다.

하지만 *결혼 생활은 아주 현실적이고 냉정한 것이다.*

그러므로 낭만적인 사랑도 좋지만 미래의 자기 인생까지도
냉정하게 볼 줄 아는 태도를 키워 나가는 것이 무엇보다 중요
하다.

사랑에 이상이 오면

만약 당신이 지금 애인과의 감정이 위기 중에 있지만 '가지기는 싫고 버리기는 아깝다'는 생각 때문에 헤어지자고 말할 용기를 내지 못하고 있지는 않은가?

또 두 사람의 성격상의 모순으로 어떻게 해결할 방법을 찾지 못해 서로 다투고 정신적으로 괴로우면서도 어떻게 해야 할지를 모르고 있지는 않은가?

그러나 너무 걱정하지 말라. 세상에서 해결하지 못할 일은 없다.

당신의 감정을 바꾸어 줄 수 있는 방법이 여기에 있다.

우선 *현실을 피하려고 하지만 말고 솔직하게 자신의 불만과 그에 대한 이유를 객관적인 입장에서 모두 말해준다.* 이런 방식으로 문제의 범위를 좁혀가면 마음을 정리하는 데 도움이 될 것이다.

만약 당신과 그 사람이 헤어지는 상황을 호전시킬 수 있다고 생각한다면 그와 헤어진 후의 생활을 한번 생각해 볼 필요가 있다. 그러나 화가 난다는 이유만으로 즉흥적으로 그의 곁을

귀여운 여자라는 말보다 지혜로운 여자라는 말을 듣고 싶다

당신과 그 사람이 헤어지는 상황을 호전시킬 수 있다고 생각한다면 그와 헤어진 후의 생활을 한번 생각해 볼 필요가 있다.

떠날 결정은 하지 말아야 한다.

당신이 그와의 감정에 대해 아직까지 개운하지 못한 이유는 이 세상에서 당신을 사랑할 수 있는 사람이 그 사람 외에는 없다고 생각하기 때문인가?

아니면 상대방이 당신에게 타협을 해줬기 때문에 감정이 회복되는 것에 대한 한 가닥 희망을 안고 있기 때문인가?

당신의 답이 '맞다'라면 당신은 아직 감정을 깨고 싶지 않은 것이다. 당신은 *용기를 내어 감정의 틈을 메워야 한다.*

문제가 여기까지 진전된 것에는 자신한테도 책임이 있는 게 아닌가 항상 반성해 본다.

모든 책임을 남에게 돌리고 원망한다면 갈수록 마음만 더욱 아프고 답답할 것이다. 그럴 때에 진정한 마음으로 먼저 자신한테서 문제점을 찾아낸다면 훨씬 마음이 편할 수 있다. 그러고는 먼저 자신의 잘못을 고치고, 그 다음 상대방의 반응을 살펴서 결정해도 늦지 않다.

그러나 상대방이 완전히 치료가 불가능한 술꾼이거나 약물중

당신에게 항상 폭력을 쓰는데도
그것을 참고 그의 곁에서 살 생각
이라면 그것은 현명하지 못한 것
이다.

독자, 또는 도박꾼이라서 책임과는 전혀 거리가 먼 사람이거
나, 당신에게 항상 폭력을 쓰는데도 그것을 참고 그의 곁에서
살 생각이라면 그것은 현명하지 못한 것이다. *당신이 새로운*
생활을 찾고 싶다면 하루라도 빨리 그런 남자의 곁에서 벗어
나 독립하는 것이 좋다.

귀여운 여자라는 말보다 지혜로운 여자라는 말을 듣고 싶다

바람은 겉으로 드러나지 않아요

남자들은 아내 아닌 다른 여자에게 새로운 감정이 생기게 되면 비록 그가 아내와 자식을 깊이 사랑하고 있는 것이 변함 없다 해도 절대 비밀을 지키며, 아내에게 사실대로 이야기하지 않는다.

어떤 심리가 그들에게 비밀을 지키도록 하는 것일까?

그들은 '말을 하면 할수록 더 큰 문제를 만든다'는 원리를 잘 알고 있다. 보통의 여성이라면 남편이 자신도 모르게 외도를 하고 있다는 사실을 알아차린 순간 이성을 잃어버리고 거칠어질 것이기 때문이다.

또 모든 남성들은 자신의 비밀을 아내에게 고백하고 인정받는 것보다 차라리 숨긴 채 다른 여자와 바람을 피우는 것이 더 쉽다고 생각한다.

남자의 외도가 흔한 일로 여겨지는 세상이긴 하지만 정작 당사자의 의식은 그것이 떳떳하지 못한 일임을 자각하고 있는 것이다.

따라서 아내나 자식이 그 비밀을 알고 자신을 무시하는 것을

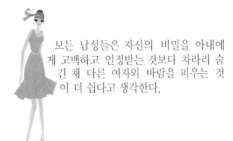

모든 남성들은 자신의 비밀을 아내에게 고백하고 인정받는 것보다 차라리 숨긴 채, 다른 여자와 바람을 피우는 것이 더 쉽다고 생각한다.

떳떳한 대장부인 것처럼 행동해 온 남자의 자존심으로 견디지 못하는 것이다. 또한 *자신의 의지가 약해 다른 여자의 유혹을 뿌리치지 못한 것을 인정하기 싫은 것이다.*

그렇다면 어떻게 대응해야 하는가?

지혜로운 여자라면 다음과 같은 몇 가지를 기본적으로 알고 모든 판단을 내릴 것이다.

◈ 이런 사태가 발생한 것은 자신에게 잘못이 있어서가 아니라 남성이 본연의 위치를 벗어난 이례적인 행동을 한 것이므로 자존심을 잃지 않도록 해야 한다.

자신의 고통과 분노를 전하기는 해야겠지만 그것 때문에 자신의 생활을 엉망으로 만드는 것은 자제해야 한다.

◈ 또한 극도로 흥분한 상태에서는 어떤 결정이라도 하지 말아야 한다. 정상적인 상태에서 일을 결정해도 늦지 않기 때문이다.

◈ 헤어지려 하든, 용서하고 넘어갈 결정을 하든, 그가 다른

귀여운 여자라는 말보다 지혜로운 여자라는 말을 듣고 싶다

자신의 고통과 분노를 전하기는
해야겠지만 그것 때문에 자신의
생활을 엉망으로 만드는 것은 자
제해야 한다.

여자를 좋아하게 된 것이 당신보다 그 여자가 더 낫기 때문이
아니라 그저 당신과 오랫동안 살아온 탓에 새로운 느낌을 주
는 그 여자에게 잠시 관심이 갔을 것이라는 생각을 해야 한다.

◆ 사람들은 자신의 고통을 원하지 않듯이 남에게도 고통을
주고 싶어하지 않는 법이다.

그러므로 남편이 죽도록 후회하고 있다면 한 번쯤 용서해 주
는 것도 괜찮지 않은가? 그런 경험이 *전화위복의 기회가 되어
부부간의 정을 더욱 두텁게 해 줄 수 있기 때문이다.*

어쨌든 어떤 식으로 결정을 내리든 간에 자신감을 잃지 않도
록 권고하고 싶다. 이것이 가장 중요한 일이기 때문이다.

그 사람이 딴 곳으로 눈을 돌릴 때

결혼한 지 십 년 정도 지난 어느 날 남편에게 따로 여자가 있다는 사실을 알게 되었을 때, 대부분 여자들은 놀라움과 함께 분노를 느낄 것이며 마음에 큰 상처를 안게 된다.

그러면 *남성들이 바람을 피우는 대체적인 원인은 무엇일까?* 거기에는 다음과 같은 몇 가지 종류가 있다.

첫째, 나이 먹는 것에 대한 두려움이다. 많은 남성들이 중년이 되면 '이것이 내 삶의 전부인가?'라는 회의에 빠져든다.

그러고는 젊음을 잃어버린 것에 대한 허전함과 함께 자신에게 축적된 것이 너무 없다는 좌절감에서 벗어나지 못한다. 이럴 때 그것을 극복하는 방법으로 젊은 여자를 찾는다.

둘째, 성(性)에 대한 자신감을 얻기 위해서이다. 많은 남자들이 자신의 능력을 성(性)과 결부시켜 판단한다. 따라서 그들은 아내 외에 다른 여자가 있는 것을 자신의 능력에 대한 확신처럼 여기고 그렇게 되길 바란다.

셋째, 부부간에 대화가 부족해서 서로에 대한 이해의 폭이 줄

귀여운 여자라는 말보다 지혜로운 여자라는 말을 듣고 싶다

대화를 나눌 시간이 적어지면 남자들은 깊은 외로움을 느끼고 밖에서 자신에게 위로를 줄 수 있는 여자를 찾게 된다.

어들 때 그렇게 한다.

　부부가 서로 너무 일에나 자녀교육에만 몰두한 나머지 자신들에 대한 대화를 나눌 시간이 적어지면 남자들은 깊은 외로움을 느끼고 밖에서 자신에게 위로를 줄 수 있는 여자를 찾게 된다. 그 여자들에게서 새로운 만족감과 위안을 얻으려는 것이다.

　넷째, 결혼생활에 대한 기대감이 현실에서 충족되지 않았을 때 그렇다.

　결혼 후에 반복되는 똑같은 일상과 부부관계에 권태를 느끼고 결혼 자체를 후회하기도 한다. 그럴 때 밖에서 새로운 충격과 신선한 활력을 찾으려 하는 것이다.

　지금까지 나열한 것을 종합해 보면서 아내들은 이렇게 반문할 것이다.

　'남자들의 외도로 상처를 받는 것은 정작 우리들인데 왜 모든 잘못을 우리에게만 돌리느냐!'고 말이다.

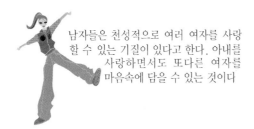

남자들은 천성적으로 여러 여자를 사랑
할 수 있는 기질이 있다고 한다. 아내를
사랑하면서도 또다른 여자를
마음속에 담을 수 있는 것이다

그러나 이것은 책임을 돌리는 것이 아니라 남성들이 본질적으로 가지고 있는 이기적인 양면성을 빨리 파악하라는 것이다.

여자들은 결혼을 한 그날부터 자신의 전부를 남편과 자식에게 던지다시피 한다. 그러나 남자들은 그것을 원하지 않는다. 물론 그런 당신에게 고마움을 느끼기는 하겠지만, 당신 자체가 무너져내리는 것을 절대로 좋아하지 않는 것이다.

남자들은 천성적으로 여러 여자를 사랑할 수 있는 기질이 있다고 한다. 아내를 사랑하면서도 또다른 여자를 마음속에 담을 수 있는 것이다.

그러므로 그에게 *늘 매력 있는 여자가 될 수 있도록 노력해야 한다.* 그것은 어려운 일 같지만 결코 그렇지만은 않다. 다만 당신이 남성 심리를 잘 알고 행동하는 요령을 찾을 수만 있다면 말이다.

귀여운 여자라는 말보다 지혜로운 여자라는 말을 듣고 싶다

도대체 남자들은 어떻게 생긴 동물일까?

현대 여성들은 '남녀평등'이라는 전쟁에서 이기기 위해 피눈물나게 뛰고 있다 해도 과언이 아니다.

그래서 급기야 여성들은 간혹 남성들에게 사회적으로 불공평한 일을 당하기도 한다. 왜냐하면 *남자들은 자신들보다 성공적으로 앞선 여성에 대해 심리적인 위협을 느끼기 때문이다.*

그러면 도대체 지금 여성들의 눈에는 남성들의 모습이 어떻게 비쳐지고 있는가?

그들의 단점부터 살펴보자.

◆ 남자들은 대부분 자존심이 강하며, 또한 자기 감정에 너무 몰입하게 되는 상황을 두려워한다. 그들은 타인의 의견에 대해서도 대체로 무시하는 편이다.

◆ 또 많은 남자들에게 있어 마음속으로 상당 부분을 차지하고 있는 것은 육체에 대한 관심이기도 하다.

그들은 좋아하는 여자가 생겼을 경우 우정에서 출발해서 천천히 점진적으로 깊은 정이 든 다음에 비로소 육체적 결합으

남자들은 일단 어느 여자를 사랑하게 되면 상대방의 가정 환경이나 조건 등을 따지지 않는다.

로 가는 것을 생각하지 못한다. 그렇게까지 기다릴 만한 인내심이 그들에게는 없다.

그들은 상대 여성과 눈빛만 마주쳐도 바로 그녀와 관계를 갖고 싶어한다.

◈ 그리고 남자들 대부분이 주위 환경에 대해 깔끔하지 못하다. 그들은 아무리 먼지가 아무리 많이 끼고 지저분한 방 안에서라도 먹고 자고 책을 읽고 음악을 들으며 텔레비전의 중계방송을 즐길 수 있다.

그러나 남성들이 이와 같은 예의 단점만을 가진 것은 아니다. *반대로 장점 또한 갖고 있다.*

◈ 그들에게는 아주 강직한 면이 많다. 특히 돈에 대해 그렇다. 남자들은 일단 어느 여자를 사랑하게 되면 상대방의 가정 환경이나 조건 등을 따지지 않는다.

◈ 남자들은 사람에 대한 태도가 분명하다. 다시 말하면 어

귀여운 여자라는 말보다 지혜로운 여자라는 말을 듣고 싶다

남자들은 사람에 대한 태도가 분명하다. 다시 말하면 어떤 문제에 대해 친구와 크게 논쟁을 벌일 정도로 서로의 의견 대립이 있더라도 그때뿐 다시 예전의 친구로 돌아간다.

떤 문제에 대해 친구와 크게 논쟁을 벌일 정도로 서로의 의견 대립이 있더라도 그때뿐 다시 예전의 친구로 돌아간다.

그러나 반대로 여자들은 그렇지가 않다. 여자들은 대부분 마음이 그렇게 넓지 못해서 작은 문제라도 친구와 한 번 다투고 나면 예전의 관계를 회복하지 못하고 어색해 한다.

이 점에서 많은 여성들이 남자를 친구로 사귀는 것이 더 편하리라는 생각을 갖게 된다.

◈ 남자들은 여자들보다 많은 면에서 지식이나 경험이 풍부하다. *아무리 배우지 못한 남자라도 뜻밖에 많은 신기하고 지혜로운 이야기를 들려주는 경우가 많다.* 이 점이 또한 현대 여성에게 장점으로 비쳐지는 특징이기도 하다.

생리적으로 약한 남성의 신체 급소

성범죄가 만연되는 현대사회에서 여성들은 어떻게 스스로를 보호할 수 있을까?

위급한 상황에 부딪쳐 만약 상대방에게 방어 공격을 가해야 될 상황이라면 가능한 빠르게 급소를 찔러 정신을 혼란시킨 뒤 위기를 모면해야 할 것이다.

남성의 신체 중 생리적으로 약한 몇 군데 급소를 알아본다.

◈ 눈 : 손이나 예리한 물체를 이용해 상대방의 눈을 공격한다. 그러나 명심할 것은 공격 후 재빨리 벗어나야 한다는 것이다. 그것은 금방 정신을 차린 상대가 더 무섭게 공격해 올 것이기 때문이다.

◈ 머리 : 특히 앞쪽 머리를 공격하도록 한다. 사람의 머리는 앞부분의 신경이 가장 민감하기 때문에 있는 힘껏 때리거나 다른 물건에 부딪히게 하면 잠깐 정신을 잃을 것이다.

◈ 귀 : 상대방의 귀를 공격한다. 한참 동안 멍해진 상태에서 고통을 느낄 것이다.

귀여운 여자라는 말보다 지혜로운 여자라는 말을 듣고 싶다

위급한 상황에 부딪쳐 만약 상대방에
게 방어 공격을 가해야 될 상황이라면
가능한 빠르게 급소를 찔러 정신을
혼란시킨 뒤 위기를 모면해야 할 것이다.

◈ 고환 : 대부분 남성들은 여성들이 이곳을 제1의 공격부위
로 생각한다는 것을 알고 미리 대비할 것이다. 가능하면 앞에
예시해 놓은 급소 중 한 군데를 먼저 공격해 정신을 못 차리게
만든 뒤에 이 부분을 발로 차거나 딱딱한 물건으로 타격을 가
해 상대방을 완전히 혼미상태로 빠뜨리는 것이 좋다.

일을 이유로 사랑을 등한시한다면

남자들 중에는 일에 미친 듯이 매달려서 이른바 '일벌레'라고 불리는 사람들이 있다. 그들에게는 일에 대한 열정이 애정의 감정보다 훨씬 큰 편이라고 할 수 있다.

그래서 이런 타입의 남자를 배우자나 연인으로 둔 여성들은 늘 자신이 잊혀진 남 같다는 소외된 느낌에서 벗어나기가 어렵다. 자기 자신이 상대 남성의 마음속에 있어도 되고 없어도 상관 없는 존재라는 생각에 빠져 늘 억울하고 속상한 것이다.

남자들의 어떤 면이 이런 성격을 가지게 하는가?

사랑하는 사람과 자주 만나고 싶지 않은 원인이 어떤 때는 정말로 일이 바쁘기 때문일 때도 있지만, 그보다 더 중요한 것은 사랑하는 사람과 함께 있으면서 *자신의 감정이 너무 깊이 빠져서 헤어나지 못하는 게 아닐까 하는 두려움을 갖기 때문이다.*

그들은 사랑하는 여자에게 며칠간 열정적으로 사랑을 쏟다가도 갑자기 냉정하고 차가워져서 제자리로 돌아간다. 이렇게 너무 뜨거웠다가 갑자기 식는 차가운 열정 때문에 상대 여성

귀여운 여자라는 말보다 지혜로운 여자라는 말을 듣고 싶다

사내대장부에겐 일이 우선이
지 사랑은 두 번째로나 생각
해야 할 문제라고 인식되어져
온 것이다.

은 종잡을 수 없는 감정이 되곤 한다. 이것이 바로 남자들의
'뜨겁다가 차갑고, 차갑다가 뜨거운' 사랑이다.

그들이 모든 감정을 상대방에게 쏟지 못하는 이유는 자신이
하는 모든 일에 자제력을 잃고 싶지 않아서이다. 그래서 한때
의 충동으로 인해 모험과 스릴을 즐기기는 하지만, 끝까지 자
제력을 잃지 않고 궁극적인 안정감을 유지시키려 한다. *남자
들은 연애감정에 빠지는 자체를 모험이라고 생각한다.*

그들은 사회적인 압박감으로 인해 '사랑의 포로'가 되는 것을
싫어한다.

우리의 전통적인 사고나 사회구조는 남자들에게 사회적인 위
치를 높게 세울 것을 강요한다. 사내대장부에겐 일이 우선이
지 사랑은 두 번째로나 생각해야 할 문제라고 인식되어져 온
것이다.

그들은 사회적으로 인정을 받고 자존심을 지키는 일은 사랑
에서 오는 것이 아니라 일에 대한 능력에서 온다고 생각한다.

이 시대는 경쟁사회이고, 따라서 조금만 다른 곳에 신경을 쓰

거나 한눈을 팔게 되면 곧바로 낙오되거나 패배자가 된다고
생각하는 것이다. 그래서 *남자들은 사랑의 대문을 용감하게
두드리지 못한다.*

귀여운 여자라는 말보다 지혜로운 여자라는 말을 듣고 싶다

아플 때 보이는 남자들의 재미있는 심리

아플 때는 누구나 다 처량한 느낌에 빠지며 보살핌 받기를 원한다.

남자들은 어떠한가?

결혼한 여성들에게 남편이 아플 때 어떤 반응을 나타내느냐고 물어보면 공통적으로 '*남편은 마치 엄마의 보살핌이 필요한 어린애와 같아진다*'라는 대답을 한다.

남자들이 아프다고 할 때는 진짜 병에 걸려 몸이 아픈 것 외에 다른 재미있는 심리가 저변에 깔려 있는 것이 보통이다.

평소에 그들은 비록 독립심이 강하고 남의 도움이 필요하지 않다고 자신만만해 하는 타입이라 할지라도, 일단 병에 걸려 몸이 아프게 되면 정신과 마음이 함께 무너져내려서 주위의 따뜻한 사랑과 위로를 원하게 한다. 그리고 *여성에게 자신이 사랑을 받고 있고 꼭 필요한 존재임을 확인하고 싶어지는 것이다.*

이처럼 남자들이 몸이 아프다고 하는 것은 말로 표현하지 않는 또다른 것에 대한 표현이라 할 수 있다.

남성들은 병에 걸려 아픈 것을 기분을 푸는 무기로 생각하여 사소한 것에도 화를 내며 이것저것 많은 요구를 하기도 한다.

　그들이 아파서 의지력을 상실했을 때는 모든 일에 민감해져서 만약 자신이 계속 보살핌을 필요로 하게 되었을 때 자신의 '나머지 반쪽'이 과연 어떤 반응을 보일지, 끝까지 자신을 사랑하고 존중해 줄지 확인하고 싶어하는 것이다.

　어떤 남성들은 병에 걸려 아픈 것을 기분을 푸는 무기로 생각하여 사소한 것에도 화를 내며 이것저것 많은 요구를 하기도 한다.

　이런 계기를 통해서 지금까지 자기가 한 잘못된 모든 행동에 대해 용서를 구하려 하고, 자신의 기분까지도 풀어주길 기대한다.

　그외에 어떤 일에 아주 열정적인 남성들은 일단 아파서 침대에 누워 있게 되면 처리해야 할 많은 일들이 산더미처럼 쌓여가기 마련이다.

　그들에게 일은 '제2의 생명'이기 때문에 이런 상태가 계속될 경우 초조하고 괴롭게 된다. 따라서 이유 없이 화를 내게 되며 애인에게도 까다로워진다.

귀여운 여자라는 말보다 지혜로운 여자라는 말을 듣고 싶다

자신이 계속 보살핌을 필요로 하게
되었을 때 자신의 '나머지 반쪽'이
과연 어떤 반응을 보일지, 끝까지
자신을 사랑하고 존중해 줄지 확
인하고 싶어하는 것이다.

어떤 남성들은 평소에 고칠 수 없는 못된 버릇으로 애인을 실
망시켜서 *그녀의 태도가 차가워졌거나 헤어질 기미를 보이면
아픈 것으로 애인에게 용서를 구하려 한다.*

그러면 동정심과 연민이 많은 대부분 여성들은 안됐다는 생
각이 들어 그를 용서해 준다.

남자란 정말이지 너무너무 힘들어요

  남녀 사이에 어떻게 서로에게 적응해야 두 사람의 세계를 보다 아름답고 행복하게 유지할 수 있을까?
  남녀가 서로에 대한 역할 차이를 인정하기 위해 꼭 알아두어야 할 몇 가지 사실을 들어본다.

  여자들은 항상 상대 남성이 자신에 대해 더 많이 이해해 주고 모든 고민과 걱정거리를 들어주어서 일상생활의 어려움을 해결해 주기를 바란다.
  그러나 남자들 또한 의무와 책임이 많은 자신의 역할을 힘들게 유지시켜 나가고 있다는 것을 여성들이 꼭 알았으면 한다.
  특히 *남자들은 사회생활을 하느냐 마느냐에 대한 선택권이 우선 없다.* 그들은 이 세상에서 기댈 수 있는 것은 오로지 자신밖에 없다는 것을 알고 경쟁사회에서 도태되지 않기 위해 열심히 일한다.
  그들은 언제 실패할지 모르는 상업적인 사회의 위험 속에서 아내와 자식을 위해 허덕거리며 사력을 다해 뛰고 있는 것이

남자들 또한 의무와 책임이 많은 자신의 역할을 힘들게 유지시켜 나가고 있다는 것을 여성들이 꼭 알았으면 한다.

다. 늘 공중에서 줄타기를 하는 듯한 벌을 받고 있는 것과 마찬가지라 할 수 있다.

그렇다고 *남자들이 아늑한 가정생활을 누릴 수 있는 것만도 아니다.* 만약 자신의 부모나 형제 자매가 아내와 갈등을 일으켰다면 그들은 어찌할 바를 모른다.

한쪽은 자신이 사랑하는 인생의 반려자이고, 다른 한쪽은 자신이 오래도록 사랑해 온 부모 형제들이기 때문이다.

그러므로 *여성들은 항상 그들의 어려움을 이해하고 전폭적인 지원을 해주어야 하는 입장에 서야 함을 알아야 한다.*

특히 그들은 이런 모든 일을 솔직하게 이야기했을 때 문제가 더 복잡하고 심각해진다고 생각해서 전혀 표현을 하지 않거나 마음속에 숨기는 경향이 있으므로 여자의 역할은 더 중요해진다.

그들 대부분은 이성이 자신을 이용한다거나 하는 생각을 가지고 있지 않다. 다만 자신을 필요로 하는 것에만 만족감을 느낀다.

그들 대부분은 이성이 자신을 이용한다거나 하는 생각을 가지고 있지 않다. 다만 자신을 필요로 하는 것에만 만족감을 느낀다.

그들은 남자라는 인식과 남자는 강해야 한다는 강박관념 속에서 '경쟁사회'에서 반드시 성공해야 하고, 집안에서는 강한 대장부의 모습을 보여야 한다는 의식을 늘 팽팽하게 가지고 사는 것이다.

귀여운 여자라는 말보다 지혜로운 여자라는 말을 듣고 싶다

남녀는 옛날부터 유별이에요

　남녀는 기본적인 생리구조부터가 서로 다르다는 것은 누구나 다 아는 사실이다. 그런 이유 때문에 그들은 각각 다른 습관과 태도, 그리고 취미활동 방식이나 인간관계에 대한 반응이 다르다.

　몇 가지 재미있는 예를 살펴보자.

　◆ 여자들은 애인과 헤어지게 되면 대개가 한 번 실컷 울어 버리는 것으로 감정을 풀고 난 뒤 친구를 찾아가 마음속의 모든 것을 털어놓으며 '모든 남자는 바보다'라고 몰아쳐 버린다. 그리고는 조용히 다음 기회를 기다린다.

　반대로 남자들은 애인과 사랑이 깨지고 나면 그렇게 빨리 회복하지를 못한다. 그들은 점점 내성적이 되어가고, 절대 입으로 발설하지 않는다. 그리고 상대 여성에 대한 사랑과 미움이 교차하는 시기를 꽤 오랫동안 가진다.

　◆ 남자들은 과격한 운동을 할 때 남이 신었던 신발을 신는 것에 개의치 않는다. 그러나 여성들은 남의 신발까지 신어야

남자들은 애인과 사랑이 깨지고 나면 그렇게 빨리 회복하지를 못한다. 그들은 점점 내성적이 되어가고, 절대 입으로 발설하지 않는다.

하는 상황이 생길지도 모른다는 이유 때문에 운동을 좋아하지 않는다.

◈ 여성들은 분위기에 따라 색깔 있는 속옷 입기를 좋아한다. 하지만 남성들은 흰색 외에 다른 색상의 속옷을 입는 이유를 이해하지 못한다.

◈ 남자들이 '외출하겠다'고 말할 때는 지금 실내에서 떠나겠다는 것을 뜻한다. 반대로 여자들이 '외출하겠다'고 말하는 것은 '외출준비를 지금부터 하겠다'라는 뜻이다.

그때부터 그녀들은 화장을 하고 몸단장을 시작하며 몇 통의 전화와 집안 점검을 끝낸 뒤, 외출에 대비한 만반의 준비가 되었다고 인정해야 비로소 집에서 나간다.

◈ 남자들은 여성의 누드 사진을 보기 좋아한다. 반대로 여성들은 누드 사진에 대해 별 관심이 없기 때문에 여자나 남자의 누드 사진을 다 싫어한다.

◈ 여자들은 쇼핑하기를 좋아한다. 그녀들은 별로 살 것이 없어도 한번 나가면 몇 시간 동안 계속 돌아다니며 그것을 지

귀여운 여자라는 말보다 지혜로운 여자라는 말을 듣고 싶다

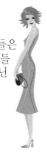

마음에 드는 물건이면 남자들은 곧바로 사버리는 반면에, 여자들은 최소한 열 군데 이상 돌아다닌 뒤 하나의 물건을 산다.

겨워하지 않는다. 그러나 남자들은 피곤하기만 할 뿐 별 의미가 없는 일이라고 생각한다. 따라서 그들은 살 것이 없으면 절대로 백화점에 가지 않는다. 단 마음에 드는 물건이면 남자들은 곧바로 사버리는 반면에, 여자들은 최소한 열 군데 이상 돌아다닌 뒤 하나의 물건을 산다.

사랑에 빠져버린 당신의 모습을 보세요

사랑이란 도대체 무엇인가?

몇 세기에 걸쳐 끊임없이 논의되어 왔음에도 불구하고 하루의 대부분을 사랑이라는 개념에 부딪치며 살아가는 우리들조차 *분명한 정의를 내릴 수 없는 것이 이 사랑의 감정이 아닐까* 생각된다.

사랑은 알 수 없는 느낌으로 조용히 다가와 언제 그 행복의 시간을 가졌는지 알지 못하는 사이에 우리 곁을 지나가 버린다.

만약 당신에게 다음과 같은 감정이 생겼다면 당신에게는 분명 사랑의 전주곡이 울렸다고 보아도 좋을 것이다.

◈ 하루의 일과가 끝나고 혼자 조용히 있게 될 때 상대방의 모습이 떠오르면서 그리워진다.

◈ 괴롭고 힘들거나 외로울 때 상대방의 모습을 떠올리며 그것에 위안을 받아 고통이 줄어드는 것 같은 기분이 든다.

◈ 상대방에게 전화 걸기 전이나 그와 만나기 전에는 자꾸 긴장하게 되고 초조해진다.

귀여운 여자라는 말보다 지혜로운 여자라는 말을 듣고 싶다

사랑은 알 수 없는 느낌으로 조용
히 다가와 언제 그 행복의 시간을
가졌는지 알지 못하는 사이에 우
리 곁을 지나가 버린다.

◈ 그와 데이트하러 갈 때 자신도 모르게 가장 예쁜 옷을 골
라 입고 나가게 된다. 또 헤어지고 돌아와서도 그와 함께 있었
던 시간을 회상하면서 즐거워진다.

◈ 상대방의 말에 큰 영향을 받는다. 상대방의 칭찬 때문에
며칠 동안 하늘로 날아갈 듯한 기분을 느끼고, 그에게 지적당
한 사소한 문제로 며칠을 괴로워하며 잊지 못한다. 다시 말하
면 그의 모든 말과 행동에 영향을 받는다.

◈ 상대방과 함께 있으면 시간이 아주 빨리 가는 것을 느낀
다. 대화가 너무 잘 통하는 것 같고 왜 이렇게 서로가 늦게 만
났는지 안타까워진다. 또한 하루라도 못 만나면 보고 싶은 마
음이 간절해져서 아무 일도 손에 잡히지 않는다.

◈ 상대방에 대해 다른 사람들이 이야기하는 것에 신경이 많
이 쓰인다. 그것이 상대방을 칭찬하는 말이면 당신은 행복함
을 느끼고, 반대로 비난하는 말이면 가슴이 아파진다.

◈ 슬픈 일이든 기쁜 일이든 가장 먼저 얘기해 주고 싶어진
다.

 사랑이란 도대체 무엇인가?

◆ 자신도 모르게 그가 자주 가는 장소로 가서 혹시라도 우
연히 그와 만날 수 있기를 기대한다.

◆ 상대방이 행여 다른 이성과 함께 있거나 이야기만 나누어
도 마음이 우울해지며 화가 난다.

◆ 자신도 모르게 그와 함께 사랑을 나누는 상상을 하며 행
복해지거나 허전함을 느낀다.

귀여운 여자라는 말보다 지혜로운 여자라는 말을 듣고 싶다

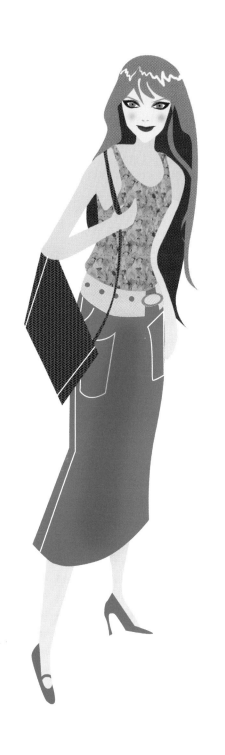

사람을 사랑한다는 것

지혜가 깊은 사람은
자기에게 그 어떤 이익이 있기 때문에
사랑하는 것이 아니다.
사랑하는 것 자체에
행복을 느끼기 때문에 사랑하는 것이다.

사랑한다는 말의 진정한 의미

모든 아름다운 말 중에서 '나는 당신을 사랑합니다'라는 말보다 더 사람의 마음을 흔드는 말은 없을 것이다.

여자들은 진정으로 상대방을 사랑하지 않고서는 '나는 당신을 사랑합니다'라는 말을 쉽게 하지 않는다. 하지만 *남자들의 경우 반드시 그렇지만은 않다고 할 수 있다.*

왜냐하면 그들은 여자들에게 단지 육욕만을 가지고 있다 하더라도 이 말을 하기 때문이다. 그래서 대부분의 여성들이 이말의 단순한 뜻만 믿고 남자에게 속아 넘어가 육체적으로나 정신적으로 상처를 받는 경우가 있다.

흔히 *남자들은 사랑한다는 말을 하면 상대방이 기뻐할 것이라고만 생각해서 쉽게 사랑의 고백을 한다.* 그리고 육체적인 기쁨에 빠져서 아주 만족스러울 때는 더 사랑한다는 말을 쉽게 하는 경우가 허다하다.

그들은 여자를 화나게 만든 뒤 용서를 받고 싶을 때도 이 말을 흔히 쓴다. '나는 당신을 사랑한다'는 말이 가장 효과적인 말이라는 것을 남자들은 알고 있기 때문에 여자의 화를 풀어

귀여운 여자라는 말보다 지혜로운 여자라는 말을 듣고 싶다

모든 아름다운 말 중에서 '나는 당신을 사랑합니다'라는 말보다 더 사람의 마음을 흔드는 말은 없을 것이다

줄 때 상습적인 첫 마디를 사용한다.

그리고 상대방 몰래 잘못을 저질렀을 때, 마음속으로 미안하니까 항상 다정하게 '사랑한다'고 속삭인다.

남자들은 상대 여성에게 어려운 일을 부탁할 때도 사랑한다는 말을 쓴다. 대부분의 여성은 사랑을 위해서라면 아무리 힘들고 어려운 일이라도 최선을 다하게 되어 있다.

자신에게 새로운 여자가 있다는 사실을 당신이 알게 되었을 때 그들은 '나는 당신을 더 사랑한다'는 말을 사용하며 *당신을 달래고 진정시키려 함으로써 '사랑'이라는 진정한 말의 뜻을 퇴색시켜 버린다.*

겉모습만으로 상대방을 믿지 마세요

매력적인 파트너를 만났다고 하자. 그때 과연 그가 자신과 어울리는 상대인지, 또 *평생을 함께 할 수 있는 사람인지 판단하는 문제는 대단히 중요하다.*

그러면 사랑에 빠지기 전에 주의해서 살펴야 할 몇 가지 사항을 알아본다.

상대방이 말하는 것을 세심하게 관찰할 필요가 있다. 많은 사람들의 경우 공공장소에서의 언행이나 속마음이 본래와는 다르게 표현되는 경우가 있다. 따라서 둘만 있을 때 속삭였던 이야기가 과연 진실인지 아닌지를 잘 판단해야 한다.

외형으로 보이는 태도만으로 상대방을 완전히 믿지 말아야 한다. 어떤 행동에는 복잡미묘한 동기가 깔려 있는 법이다. 자기 자신만의 시각과 잣대만으로 모든 상황을 판단하지 말아야 한다.

상대방이 다정하고 친밀한 태도를 나타내는 것만을 보고 그가 당신을 사랑하는 것으로 알고 결혼 상대로까지 생각할 수 있다. 그러나 사실 상대방은 당신을 그저 좋은 친구라고만 생

귀여운 여자라는 말보다 지혜로운 여자라는 말을 듣고 싶다

자기 자신만의 시각과 잣대만으로 모든 상황을 판단하지 말아야 한다.

각할 수 있다.

'열 길 물 속은 알아도 한 길 사람 속은 모른다'는 말이 있다. 이처럼 상대방의 속을 완전히 알 수 있는 사람은 없다. 그러나 그에게 다양한 질문을 해서 서로가 다방면의 모습을 파악할 수 있도록 하는 것이 좋다.

비록 당신이 상대방을 열정적으로 사랑하고 있다고 해도 객관적인 입장으로 양쪽의 외적 조건도 고려해 보아야 한다.

당신은 어린아이를 좋아하는데, 상대방은 애가 재잘대는 소리조차 싫어하지는 않는지?

당신은 지극히 현대적인 사고의 소유자인 반면, 상대방은 보수적인 것을 고수하는 것은 아닌지?

이런 점들은 무시해서는 안 될 문제들이다. 그것은 곧바로 현실적으로 부딪칠 문제이기 때문이다.

결혼생활을 오래 한 경험자들의 의견도 주의깊에 받아들여야 한다. 오래된 기혼자들은 어느 정도 세속적인 면이 있는 반

많은 사람들의 경우 공공장소에서의 언행이나 속마음이 본래와는 다르게 표현되는 경우가 있다.

면에, 대부분 낭만적인 연애시절을 겪었기 때문에 그 차이점에 대해 잘 알고 있을 것이다.

물론 사람마다 사고방식과 행동양식이 다르므로 전적으로 따를 필요는 없겠지만 현명한 판단을 내리는 데 큰 도움을 얻을 것이다.

귀여운 여자라는 말보다 지혜로운 여자라는 말을 듣고 싶다

남자와 여자는 사랑의 표현방식도 달라요

남녀의 내면심리에 대해 당신은 얼마나 알고 있는가? '낭만'이라는 것이 남녀에게 어떻게 다르게 작용하는지 당신은 알고 있는가?

다음과 같은 것들은 이에 대한 비교적 깊이 있는 분석에서 나온 결과이다.

여성들은 단 며칠 안에라도 자신의 결혼을 결정내릴 수 있다. 자신의 미래를 사랑하는 사람에게 맡기는 것에 대해 아주 행복하게 생각하는 것이다. 하지만 *남성들은 많은 시간을 가진 후에야 마음의 결정을 내린다.*

이 점에 대해 여자들은 원망스럽게 생각하며 혹시 상대방이 자기와 결혼하기가 싫어서 그러는 게 아닌가 하며 의심하기를 주저하지 않는다. 그러나 사실 그렇지는 않다.

남자들이 긴 시간을 필요로 하는 것은, 만약 쉽게 결정했다가 실패하게 되면 큰 고통을 받지 않을까 걱정스럽게 생각하기 때문이다.

여성들이 생각하는 사랑의 발전 과정은 대개 이렇다.

 남자들이 긴 시간을 필요로 하는 것은, 만약 쉽게 결정했다가 실패하게 되면 큰 고통을 받지 않을까 걱정스럽게 생각하기 때문이다.

  남성이 먼저 여성에게 사랑을 고백하고, 그 뒤로도 계속 일편단심으로 모든 감정을 여자에게 바친다. 그러나 여자들은 상대방이 자기를 이용하고 속일까 봐 노심초사 불안해 한다. 이 때문에 상대 남자는 끊임없이 말이나 행동으로 여자에게 사랑을 확인시켜 주어야 하는 것이다.

  반대로 *남자들은 처음엔 여자가 자신을 능력 있는 남자로 인정해 주기를 더 바란다.* 그리고 나중에 서로 잘 알게 되고 상대방이 자신의 평생 반려자라는 확신이 들어서야 비로소 모든 감정의 경계를 풀고 상대방에게 적극적으로 다가서는 것이다.

  남자들은 일상생활의 사소한 문제에 대해서는 별로 신경을 쓰지 않는다. 또 여자에게 잘못된 점이 있더라도 쉽게 용서해 준다. 반대로 여자들은 아무리 작은 일이라도 한 번 남자가 자신을 실망시키면 크게 실망하여 쉽게 용서하려 하지 않는다.

  약속시간에 상대방이 조금 늦게 도착하거나, 자신의 생일을 바쁜 일 때문에 잊고 선물을 준비하지 않았을 경우, 여자들은

귀여운 여자라는 말보다 지혜로운 여자라는 말을 듣고 싶다

여성들은 남성이 소설 속의 주인공이나 자신이 스스로 만든 우상이 되어주길 요구하지만, 대부분의 남자들은 그 위치에 서주지를 못한다.

상대방이 벌써 자신을 그다지 소중하게 생각하지 않는 증거라고 단정해 버리는 것이다.

보통 *여성들이 대개 낭만적이고 환상이 많은 반면, 남성들은 비교적 현실적이다.* 따라서 여성들은 남성이 소설 속의 주인공이나 자신이 스스로 만든 우상이 되어주길 요구하지만, 대부분의 남자들은 그 위치에 서주지를 못한다.

하지만 남자들은 이미 연애 초기부터 저 여자의 살림솜씨가 어떨까, 나중에 좋은 엄마가 될 수 있을까? 등의 문제에 대해 깊이 관찰한다.

자신의 모습에 자신감을 가지세요

여자들은 대부분 자신만은 파트너와의 애정전선에 전혀 문제가 없고 견고하며 깊다고 생각하여, 자신감 있게 자랑하는 경우가 있다.

그러나 *증거 없이 말로만 하는 것은 믿을 수가 없다.* 당신이 정말로 파트너의 사랑에 자신감과 확신이 있다면, 다음과 같은 조건에 부합하는지 비교 점검해 보기 바란다.

◈ 상대방이 혹시 당신의 생일을 잊어버렸어도 그에게 화를 내며 원인을 캐려고 하기보다 가볍게 상기시켜 주는 것으로 끝낸다.

◈ 둘이서 함께 공공장소에 갔을 때 당신은 파트너가 초라해 보이거나 창피하게 만들까봐 걱정하지 않고 오히려 아주 자랑스럽게 생각하고 당당하게 행동한다.

◈ 그의 옛날 여자친구가 찾아와서 그와 단둘이 저녁식사를 하고 싶다고 해도, 당신은 질투 때문에 그를 못 나가게 하지 않고 허락할 수 있다. 그에 대한 자신감과 그에 대한 믿음이

귀여운 여자라는 말보다 지혜로운 여자라는 말을 듣고 싶다

당신이 정말로 파트너의 사랑에 자신감과 확신이 있다면, 다음과 같은 조건에 부합하는지 비교 점검해 보기 바란다.

있기 때문에 그것을 허용할 수 있는 것이다.

◈ 상대방이 일 때문에 며칠간 출장을 가게 되었을 때라도 '당신이 진짜 나를 사랑한다면 꼭 전화를 해줘야 해'라고 요구하지 않는다. 그냥 상대방에게 시간이 되고 편할 때 전화나 한 통 해달라고 말한다.

◈ 약속시간이 지났는데도 상대방이 도착하지 않으면 그가 당신을 놀리고 있다고 생각하는 것이 아니라 중요한 일 때문에 늦는 것이라고 짐작한다.

◈ 상대방의 도움이 필요할 경우 언제나 스스럼없이 상대방에게 말할 수 있다.

◈ 상대방이 아무 연락 없이 밤늦도록 약속장소에 오지 않을 때 그가 혹시 다른 여자를 만나는 것이 아닌가 의심하는 게 아니라, 피치 못할 일이나 사고를 당한 것이 아닌가 하는 걱정이 앞선다.

◈ 상대방이 아무리 예쁘고 매력적인 여자와 함께 있더라도 걱정하지 않는다. 당신은 매력적인 여자가 아무리 많아도 그

사람의 눈에는 당신밖에 보이지 않는다고 확신하기 때문이다.
　당신 눈가의 잔주름까지도 그의 눈에 사랑스러울 것임을 믿고 있는 것이다.

귀여운 여자라는 말보다 지혜로운 여자라는 말을 듣고 싶다

이성은 이렇게 사귀는게 좋아요

마음에 드는 이성을 만나 계속 교제를 하고 싶을 때 그 첫 걸음은 어떻게 해야 좋을까?

모든 일에 처음이 중요하다는 것은 잘 알고 있을 것이다. *첫 걸음이 순조로워야 성공 확률이 높다*는 것을 우선 명심하도록 한다.

그 방법을 소개해 본다.

◈ 서로 공통의 관심사를 찾아 대화를 많이 하는 것이 좋다. 좋아하는 음식에 대한 의견교환이나 식구들과의 불편함이나 즐거움, 또는 현재 상영중인 영화나 공연 등의 이야기는 대화를 자연스럽게 이끌어 갈 수 있는 좋은 화제들이다.

◈ 이야기를 하다가 기회가 생기면 화제를 상대방의 신체로 옮긴다. 상대방의 체취가 아주 독특하고 좋다거나, 미소가 신비롭고 매력적이어서 함께 있는 것이 정말 즐겁다고 말해준다.

◈ 상대방에게 당신이 과거에 느꼈던 희노애락에 대한 이야

용기를 내어 상대방의 애칭을 불러
주도록 한다. 당신이 호감을 갖고 있
다는 마음을 전하는 방법이 될 수 있다.

기를 들려준다. 자신의 기쁨이나 슬픔을 상대방과 공유함으로
써 당신이 상대방과 더 가까워지고 싶어한다는 것을 자연스럽
게 암시해 줄 수 있는 것이다.

◈ 당신이 좋아하는 상대방의 장점을 알려준다. 사람은 누구
나 자신에 대해 칭찬하는 말을 듣기 좋아한다. 특히 낭만적인
분위기 속에서 해주는 것은 더 좋아한다.

◈ 당신을 사랑하는 마음이 생기게끔 상대방의 마음을 언어
의 표현으로써 공략한다. '나는 당신을 좋아한다', '당신과 함께
있어서 즐겁다' 같은 느낌을 시(詩)로 써서 아무렇지도 않은 표
정으로 상대방에게 건네는 것이다.

◈ 상대방에게 도와달라고 요청하기를 두려워하지 않는다.
오히려 그런 일을 통해서 더 가까워질 수 있고, 분명 나중에
이상적인 연인 관계로 발전할 수 있는 중요하고 핵심적인 역
할을 할 것이기 때문이다.

◈ 용기를 내어 상대방의 애칭을 불러주도록 한다. 당신이
호감을 갖고 있다는 마음을 전하는 방법이 될 수 있다.

귀여운 여자라는 말보다 지혜로운 여자라는 말을 듣고 싶다

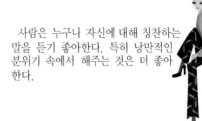

사람은 누구나 자신에 대해 칭찬하는
말을 듣기 좋아한다. 특히 낭만적인
분위기 속에서 해주는 것은 더 좋아
한다.

◆ 당신이 알고 있는 상대방의 주위 환경에 대해서 이야기하
면 누구나 타인의 관심 속에서 자신의 가치를 느끼므로 상대
방 또한 기쁨을 느낄 것이다.

낭만적인 분위기 속에서 상대방에게 그의 가족이나 친구에
대해, 그가 좋아하는 색깔에 대해, 그가 좋아하는 장소나 잘 가
는 곳에 대해 이야기하면 그것이 설혹 사실과 일치하지 않다
하더라도 상대방은 작은 관심 자체에서 기쁨을 느낄 것이다.

◆ 기회가 되는 대로 상대방을 칭찬해 준다. 그리고 나서 '당
신을 좋아하고 사랑하는 사람이 많지요?'라는 질문을 해본다.
그것은 나도 당신을 사랑할 가능성이 있다는 암시가 내포된
물음이다.

이런 고백 방식이 직접적으로 *'나는 당신을 사랑하고 있어요'*
라고 말하는 것보다 훨씬 더 효과적일 수 있다.

사랑의 감정에 문제가 생겼을 때

사랑에 대한 감정이 무너지는 것은 누구나 생각하기조차 싫은 일 중의 하나일 것이다. 하지만 불행히도 이런 경우는 언제든지 일어나게 되어 있다.

애인과 싸우거나 약혼이 깨지거나, 아니면 사랑하다 헤어지는 것까지 아마 모두 비슷할 것이다. 슬퍼서 견딜 수가 없고 분노하며 상대방을 원망하면서도 자신이 내린 결정에 대해 혹시나 잘못한 것이 아닐까 후회와 번민에 빠진다.

그러나 이런 소극적인 기분은 일에 아무 도움이 되지 않는 감정일 뿐더러 자신을 더욱 깊은 고통의 나락으로 끌어들일 뿐이다.

다음과 같은 것은 이런 *슬픔과 원망의 심정을 적절하게 풀 수 있는 방법들이다.*

더이상 상대방에게 책임을 돌리지 않도록 한다. 물론 그런다고 해서 당신의 마음이 영원히 편안해지지는 않을 것이다. 그러나 책임을 모두 상대방 쪽에 돌리는 것보다 자신에게도 부

귀여운 여자라는 말보다 지혜로운 여자라는 말을 듣고 싶다

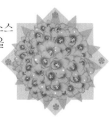

미래를 위해 계획을 세워서 스스로 자신을 도와줄 수 있는 방법을 찾아 건설적인 일에 열심히 매달림으로써 자신의 답답하고 고통스런 심정을 풀어야 한다.

인할 수 없는 책임이 있다는 것을 인정하고, 나중에 또다시 그런 실수를 반복하지 않도록 인생의 교훈으로 삼는 것이 바람직한 태도다.

자포자기하여 혼자 방구석에 앉아 운명에 항복하는 태도를 고수하는 것도 바보스럽기 그지없는 짓이다.

자신의 미래를 위해 계획을 세워서 스스로 자신을 도와줄 수 있는 방법을 찾아 건설적인 일에 열심히 매달림으로써 자신의 답답하고 고통스런 심정을 풀어야 한다.

자기만이 이 세상에서 가장 고통스럽고 불행한 사람인 줄로 여기고 다른 사람들은 자신의 고통을 이해할 수 없다고 생각해서 남의 충고에 대해 듣지 않거나 쓸데없이 고집만 부리는 것은 자신에게 불리한 결과만 가져오는 태도이다.

사실 모든 일은 *당사자보다는 주위 사람들이 더 객관적으로 보기 마련이다.* 그러므로 타인의 의견을 받아들이는 것이 한편으로, 자신의 편견을 버리고 흥분된 마음을 진정시킬 수 있는 지름길이 될 것이다. 그 의견들 중에는 자신이 나아가야 할

가장 친한 친구에게 하고 싶은 모
든 말과, 원망스러운 생각들을 남김
없이 쏟아버리는 것으로 정리하는 것
이 깨끗하다.

새로운 방향에 대한 힌트도 들어 있을지 모른다.

또 당신이 설령 더 억울하게 느껴지더라도 상대방이 자신에게 저지른 잘못만을 생각하며 그를 원망하지 말라. 그렇게 생각하면 할수록 감정만 상할 뿐이기 때문이다.

그럴 때는 가장 친한 친구에게 하고 싶은 모든 말과 원망스러운 생각들을 남김없이 쏟아버리는 것으로 정리하는 것이 깨끗하다.

헤어진 사람에게 자꾸만 무언가를 바라고 생각에 남겨두는 일은 감정과 시간만 낭비될 뿐 이로운 것이 없기 때문이다.

이런 고통스러운 일이 자신에게 일어난 것에 대해 창피스러워하거나 자신감을 잃지 않도록 한다.

'한 손에 있는 다섯 손가락도 저마다 길고 짧은데' 운명이 모든 사람에게 똑같이 찾아들 수는 없는 것이다.

*신이 당신에게 다른 사람보다 좀더 큰 시련을 주는 것은 당*신이 그런 고통에서 경험을 쌓고 더욱 강하고 훌륭한 사람이 되라는 뜻일 거라고 스스로 위로해 보는 것도 좋다.

귀여운 여자라는 말보다 지혜로운 여자라는 말을 듣고 싶다

실연의 상처를 치유하는 방법

실연의 상처는 물론 쉽게 아물지 않는다. 어떤 사람은 실연을 죽음에 비유하여 죽음보다 더한 괴로움이라고까지 역설한다. 그래서 일부 젊은 사람들은 실연 때문에 귀중한 자신의 목숨까지도 잔인하게 끊어버린다. 세상이 다 끝난 것처럼 행동하여 주위의 부모나 친구들까지 걱정하게 만든다.

실연의 상처를 치유하려면 우선 현실을 냉정하게 바라볼 줄 알아야 한다. 여기에 남자나 여자 모두 실연의 상처를 효과적으로 치유할 수 있는 좋은 방법 몇 가지를 소개한다.

첫째, 운동으로 마음속에 쌓인 원망과 고통을 풀어본다. 운동을 끝내고 온몸에 땀이 흐를 때 마음이 가벼워지며 말로 표현할 수 없는 평온함을 느낄 것이다.

둘째, 하고 싶었던 모든 말을 노트에 글로 써본다. 비록 그 말들이 모두 악하고 무지막지한 욕설이더라도 상관없다. 이것을 배신자에게 보내는 마지막 한 통의 편지라고 생각하고, 그렇게 모든 하고 싶었던 말을 다 쏟아내고 나면 당신은 틀림없이

실연의 상처는 물론 쉽게 아물지 않는다. 어떤 사람은 실연을 죽음에 비유하여 죽음보다 더한 괴로움이라고까지 역설한다.

고통이 많이 줄어든 듯한 느낌을 받을 수 있을 것이다.

셋째, 속상하고 분한 마음을 삭일 어떠한 방법도 떠오르지 않을 만큼 머릿속이 하얗게 비어버릴 때는 자기 자신을 한번 자유롭게 내버려두는 것도 권장할 만하다.

평소에 자신이 아주 아끼고 좋아하던 물건들을 과감하게 깨뜨려 보거나 버리는 방법으로 화를 푸는 것도 좋을 것이다.

이렇게 하고 나서 마음이 진정된 후에, 또 얼마의 비용으로 깨진 가구나 살림도구를 구입해야 할까 계산해 볼 때 당신은 한 가지 사실을 알게 될 것이다. 즉, 고통스러운 것은 스스로에게 이로울 것이 하나도 없으며 인생을 통틀어 평생 동안 해야 할 일이 너무나 많다는 것이다.

실연은 인생의 주제곡이 아닌 하나의 간주곡일 뿐이라고 할 수 있는 것이다.

넷째, 배낭을 메고 여행을 떠나는 것이다. 사람들이 많은 곳은 되도록 피하고 높은 산이나 탁 트인 바다로 가는 것이다.

위대한 사상가이자 정치가인 엥겔스가 젊은 시절 연애에 실

귀여운 여자라는 말보다 지혜로운 여자라는 말을 듣고 싶다

고통스러운 것은 스스로에게 이로
울 것이 하나도 없으며 인생을 통
틀어 평생 동안 해야 할 일이 너무
나 많다는 것이다.

패하고 혼자서 알프스 설산 꼭대기에 올라 넓고 한없는 대자
연에 힘과 자신감을 얻어 새로운 생활을 시작했다는 일화가
있다.

당신에게 꼭 그런 위인이 되라는 것은 물론 아니다. 최소한
실연의 이유로 자신이 *이 세상에 태어날 때부터 져야 할 책임
을 완전히 자포자기해서는 안 된다는 것이다.*

당신 역시 마찬가지로 실연의 늪에 빠져 움츠러들지 말고 광
대한 대자연에서 힘과 자신감을 얻고 힘차게 도약하여 자신의
인생과 사랑하는 사람들을 위해 보란 듯 뛰어야 한다.

다섯째, 애인은 잃었지만 친구들은 여전히 그대로 있지 않은
가. 한동안 당신이 신경 써주지 못했던 친구들 곁으로 돌아가
면 그들은 당신을 따뜻하게 맞이하며 순조롭게 곤경에서 벗어
날 수 있도록 도움을 줄 것이다.

사랑할 때 가장 많이 범하는 실수

실연을 당했을 때 보통 사람들은 꼭 '대체 왜, 어쩌다가 이렇게 되었을까?' 하고 답을 찾으려고 애써 노력한다.

상대방의 잘못인지, 아니면 자신의 사랑이 너무 정열적이어서 스스로 자신을 고통 속에 빠뜨린 것인지 여러 가지 생각으로 원인을 찾으려고 한다.

설령 어떠어떠한 것이 그 이유가 된다 해도 *모든 실연한 사람들에게는 공통적으로 범했을 커다란 잘못이 하나 있다.* 다름아닌 일의 결과에 대해서만 너무 신경을 쓴다는 점이다.

다음과 같은 것들은 보통 남녀가 가장 저지르기 쉬운 잘못이다.

◆ 상대방과 그저 몇 번 만났을 뿐인데 바로 결혼 문제까지를 생각한다. 그래서 때가 아닌데도 너무 친밀한 듯한 행동을 하는 것이다. 상대방을 완전히 소유할 수 있는 가장 좋은 방법은 빨리 성관계를 갖는 것이라는 생각으로 성급하게 일을 서두른다.

귀여운 여자라는 말보다 지혜로운 여자라는 말을 듣고 싶다

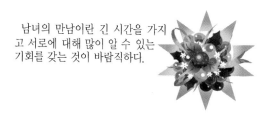

남녀의 만남이란 긴 시간을 가지
고 서로에 대해 많이 알 수 있는
기회를 갖는 것이 바람직하다.

머릿 속의 생각이 온통 장래의 결과에만 집중되어 있기 때문에 둘이 함께 있는 현재의 즐거운 시간을 아낄 줄 모르고 낭만적인 연애생활을 만들지 못한다. 또 상대방에 대해 알 수 있는 기회들을 놓쳐버리는 수도 있다.

요즘 젊은 사람들은 속칭 '속전속결'의 방법을 선호한다. 그러나 남녀의 만남이란 긴 시간을 가지고 서로에 대해 많이 알 수 있는 기회를 갖는 것이 바람직하다.

그리고 상대방과 만난 지 얼마 되지도 않았는데 상대방의 단점이 발견되었다고 해서 곧바로 이 사람과 평생 동안 함께 사는 것에 두려운 생각을 갖는 것도 좋지 않다.

어떤 관계가 될 것을 *미리부터 설정해 놓는 것은 두 사람의 관계를 가로막는 장벽 노릇만 할 뿐이다.*

지금 이 시대는 이성 친구를 사귐에 있어 아주 자연스럽다. 다른 생각 없이 진정한 이성의 친구로서 먼저 사귀게 된다면 일정한 시간이 지난 후에는 두 사람간에 신뢰로 뿌리내린 '사랑'이 싹트고 있음을 알게 될 것이다.

사랑하는 사람이 자신감을 잃었을 때

사람들은 누구나 때때로 자신감을 잃고 자신의 존재가치까
지도 상실하여 절망감에 빠질 때가 있다. 이럴 때일수록 가장
필요한 것은 다름아닌 자신과 가장 가까운 사람의 격려다. 그
로 인해 용기를 얻어 어려움 속에서 과감히 벗어날 수 있는 것
이다.

그러면 어떻게 상대방을 도와주어야 용기를 얻어 자신을 긍
정하고 예전의 자신감과 존엄을 가질 수 있을까?

◆ '우물에 빠진 사람에게 돌을 던지는 것'과 같이 상대방이
자신이 못났다고 자책하고 있을 때 옆에 선 사람이 덩달아 과
거의 실수까지 일일이 들춰내면서 그를 더욱 부끄럽게 만드는
것은 좋지 않다.

또 상대방이 큰 실수를 저질러 당신을 화나게 만들었더라도
제3자 앞에서 공개적으로 그를 비난하거나 원망해서 그의 자
존심을 상하게 하면 안 된다.

◆ 상대방을 도와 자기 자신의 장점을 스스로 발견할 수 있

귀여운 여자라는 말보다 지혜로운 여자라는 말을 듣고 싶다

사실 세상에서 모든 일이 늘 순조롭게 풀리고 잘되는 사람은 드물다. 아니 거의 없다.

도록 해주어야 한다.

◆ 작은 일이라도 상대방이 어떤 일에 성공했다면 많이 칭찬해 주도록 한다. 그가 자신의 훌륭함을 알 수 있도록 말이다.

◆ 당신 눈에는 상대방이 아주 훌륭하며, 당신이 그를 숭배할 정도로 좋아한다는 사실을 알려주는 것을 어려워할 필요는 없다.

이 사실을 알게 될 때 상대방은 마음속으로 뛸 듯이 기뻐하며 흐뭇함을 느낄 것이고 당신을 고맙게 생각할 것이다.

◆ 비록 일상생활에서 당신 스스로 해결할 수 있는 문제라 하더라도 상대방의 조언을 한번 듣도록 하는 것이 좋다. 그렇게 하는 것이 상대방으로 하여금 당신의 인생에 소중한 한 자리를 차지하고 있다는 느낌을 갖게 하는 것이기 때문이다.

◆ 상대방이 어떤 까다로운 문제 때문에 고민중이라면 그와 재미있는 화젯거리를 나누어, 그를 잠시 동안 고민에서 벗어나 진정할 수 있게 하는 것도 좋은 방법이다.

◆ 상대방이 설령 자신에 대한 자신감을 상실했다 하더라도

당신은 상대방에 대한 자신감을 잃지 말아야 한다. 사람이 어려움을 당하고 일이 잘 풀리지 않을 때는 자신을 무능하게 여겨서 자신감을 잃는 경우가 대부분이기 때문이다.

  사실 세상에서 모든 일이 늘 순조롭게 풀리고 잘되는 사람은 드물다. 아니 거의 없다.

  또 실제보다 더 높은 목표를 추구할 때는 경험 부족이나 주위 여건의 미비로 한 번쯤 어려움을 만나게 되는 것이 보통이다. 현실에 대해 있는 그대로 만족하며 진취성 없이 행동하는 사람에게는 고민이나 어려움도 별로 없을 것이다.

  그러므로 *어려움을 당하는 자체가 훌륭한 인생의 눈금자가 될 수도 있다.* 그의 반려자로서 그가 완전히 실망에 빠져 정신 못 차릴 때 그에게 이런 사실을 상기시키고 다시 용기를 갖게 하라.

귀여운 여자라는 말보다 지혜로운 여자라는 말을 듣고 싶다

남편의 등이 멀게 느껴진다면

사회가 발전함에 따라 '외도'라는 문제의 심각성도 더욱 깊어지는 추세이다. 사람들은 이런 현상을 두고 '의식주가 해결되고 생활수준이 높아지니까 할 일이 없어서 그런 욕심을 낸다'라고 한다.

이런 일은 물론 남성들에게 전적으로 책임이 있지만 여성에게도 문제는 있다.

여자들이 결혼한 후에는 긴장이 풀어져 따뜻하고 부드럽게 대하지 못하는 것이 남성들로 하여금 '외도'의 길로 접어들게 하는 원인 제공을 하기 때문이다.

다음의 예들은 남자들이 가정에서 멀어지는 원인이 될 수 있는 사항들이다.

◈ 여자가 결혼한 후부터 외모에 전혀 신경을 쓰지 않고 항상 지저분하고 단정치 못한 모습을 보여준다거나, 돈을 너무 밝히며 인색하게 구는 경우이다.

또 남편과의 대화를 집안의 사소한 일에 국한시키고, 남자의 여자들이 결혼한 후에는 긴장이 풀어져 따뜻하고 부드럽게 대하지 못하는 것이 남성들로 하여금 '외도'의 길로 접어들게 하는 원인 제공을 하기 때문이다.

사회생활에 대해 전혀 알지 못하고 또 알려고 하지도 않는다.

그리고 현재 남편이 어떤 고민과 스트레스를 겪고 있는지에 대해 전혀 관심을 갖지 않을 뿐 아니라, 설령 알았다 해도 오히려 대수롭지 않은 일로 치부하여 위로할 생각도 하지 않는다.

◈ 또 남편이 자신에게 해주는 모든 것들을 당연한 것으로 받아들이고 칭찬해 주지 못하는 것도 한 원인을 제공하는 것이다.

◈ 상대방의 단점만을 자꾸 얘기하고, 잘못한 일에 대해서도 감싸주기보다 곧이곧대로 지적하여 자존심을 상하게 하는 경우가 있다. 남성들은 천성적으로 자존심이 강하기 때문에 여자가 자신을 무시하는 것을 가장 참을 수 없어 한다.

남성 대부분이 자신을 사랑하며 숭배하다시피 하는 여성과 함께 살고 싶어 한다는 점을 여성들은 자칫 잊고 사는 경우가 있다.

◈ 여자들은 결혼하여 아이를 낳으면 아이에게 좋은 엄마의

귀여운 여자라는 말보다 지혜로운 여자라는 말을 듣고 싶다

남성 대부분이 자신을 사랑하며
숭배하다시피 하는 여성과 함께
살고 싶어 한다는 점을 여성들은
자칫 잊고 사는 경우가 있다.

역할을 하기 위해 남성에게 무관심해지고, 오히려 남성에게도
아이에게 많은 관심을 쏟기를 강요한다.

남편이 현재 무엇을 필요로 하는지는 아이를 핑계로 잊어버
리고, 남편이 아이를 잘 돌보지 않으면 짜증을 부리고 화까지
낸다. 남편과의 대화도 결혼 전처럼 다정하거나 부드러운 것
이 아니라 돌부처 같은 태도를 보인다.

상대방이 좀 이상하다고 느껴지면 어떻게 해야 하는가?

이럴 때 대부분의 여자들은 남편에게 새로운 여자가 생긴 것
이 아니냐고 다그친다. 그것은 오히려 그를 화나게 만들어 정
말로 아내에게 충실하지 않은 남편으로 만들지 모른다.

부부 사이가 아무리 친밀하다고 해도 돌아서면 남이라는 말
도 있지 않은가.

*부부는 아무리 친밀하다고 해도 부모와 자식처럼 영원히 끊
지 못하는 사이가 아닌 것이다.* 아무리 깊은 사랑을 했다 할
지라도 그것이 지탱되지 못하면 어이없게도 쉽게 깨지는 것이

남녀간의 사랑이다.

  따라서 상대방에게는 끊임없이 새로운 자신의 모습을 보여주면서, 상대방에게 당신의 장점을 발견할 수 있게 신뢰감을 쌓아가는 것이 남편의 외도를 막고 부부 사이를 튼튼하게 할 수 있는 최선의 방법이다.

귀여운 여자라는 말보다 지혜로운 여자라는 말을 듣고 싶다

원하는 결혼을 반대하는 부모 설득법

달콤하고 열렬하게 사랑하고 있는 연인들이 세대 차이를 가진 부모들의 다른 시각 때문에 반대에 부딪치는 경우가 종종 있다.

이 경우에 반대를 극복하지 못하고 헤어져 각자 새로운 가정을 꾸몄다고 해보자. 그런 당사자들 중에는 각자 새로운 결혼 생활에 만족하며 잘 살아가는 사람이 있는 반면에, 옛 연인을 잊지 못해 고통과 후회의 나날을 보내는 사람도 있을 것이다.

그러면 이런 불행을 겪지 않기 위해서는 어떤 현명한 방법을 취해야만 할까?

우선 알아야 할 것은, 부모가 아무리 반대하는 사이라 하더라도 그 반대는 자식의 행복을 위한 부모의 앞선 걱정이라는 사실을 염두에 두어야 한다.

지금은 비록 자식이 고통스럽고 힘들어 하더라도 그 모든 것이 자식을 위하는 일이라는 생각에 부모들의 고집은 쉽게 꺾이지 않는다.

그런데 두 사람이 진정으로 사랑해서 어떠한 고난도 함께 이겨갈 각오로 결합을 원하는데, 단지 부모의 반대가 무서워서 혹은 효도한다는 심정으로 포기해 버린다면 그것처럼 비겁한 일은 없다.

이렇게 생각해 보라. 지금 하는 부모의 반대는 분명 자식의 행복을 바라서인데, 만약 당신이 지금의 연인과 헤어져 다른 남자와 결혼해서 불행해진다면 그것은 부모에게 더 큰 불효가 될 게 아닌가.

사실 결혼하기 전 부모가 반대한 문제들은 대부분 결혼을 해서 몇 년이 지나고 보면 그리 큰 문제가 되지 않는 것들이다.

그러므로 *자신의 인생을 위해 강한 의지력으로 인내할 줄도 알아야 한다.*

무엇보다도 부모가 당신들을 믿도록 하는 것이 중요하다. 대부분 결혼의 반대 원인은 부모가 상대방을 믿지 못하기 때문이다. 그러므로 부모가 좋아하지 않고 이해 못하는 부분에 대해서는 행동이나 말로써 믿음을 심어주어야 한다.

귀여운 여자라는 말보다 지혜로운 여자라는 말을 듣고 싶다

그러나 자기 자신에게 설득력이 없다고 대신 친구를 보내는 것은 소용없는 일이다. 그보다는 차라리 부모의 가까운 친지나 친구를 먼저 설득하여 그분으로 하여금 부모를 설득하게 하는 것이 훨씬 효과적일 것이다.

왜냐하면 부모들은 당신의 친구가 당신과 똑같이 어리고 유치하다는 판단을 내리기가 쉽기 때문이다.

상대방의 부모에게 호감을 받기 어려우면 먼저 그 형제들에게 호감을 심어주는 것도 좋은 방법이다.

그 형제들에게 가끔 선물도 하고 함께 여행도 하며 서로의 관계를 좁혀 놓는 것이다.

그리고 마지막으로, 상대방 부모가 비록 자존심 상하는 말이나 서운한 행동을 하더라도 참고 지혜롭게 넘기며, 상대방에게 그 부모에 대한 욕이나 단점을 말하지 않고 순종하는 것이 무엇보다도 중요하다.

인기 있는 사람이 되세요

젊은 사람들 중에는 자신이 '사랑의 완전한 조율사'인 양 자랑을 하고 다니는 유형이 있다. 그들은 자신이 목표로 삼은 이성이라면 언제든지 친구나 연인으로 만들 수 있다는 자신감에 차 있다.

그러나 *이렇게 자랑을 하고 다니는 사람에게 사실 사랑의 실패 경험이 많을지도 모른다.*

'자신을 알고 상대방을 알아야 상대방을 이긴다.'

총명한 사람이라면 상대방에게 사랑의 포화를 퍼붓기 전에 자신에 대해 먼저 확실히 알아야 한다.

그렇다면 어디를 가도 이성들에게 호감을 받는 사람은 어떤 특성을 가지고 있을까?

그들은 고집은 있으나 자기 주장만을 내세우지 않으며, 어떤 일을 처리할 때도 남들이 해왔던 방식을 의식 없이 그대로 모방하지 않는다. 그들은 *'모든 성공은 노력 여하에 따라 다르다'*는 것을 잘 알기 때문에 과감하지만 신중한 자세로 모험에 도전한다.

귀여운 여자라는 말보다 지혜로운 여자라는 말을 듣고 싶다

고집은 있으나 자기 주장만을 내세우지 않으며, 어떤 일을 처리할 때도 남들이 해왔던 방식을 의식 없이 그대로 모방하지 않는다.

그들은 낯선 사람을 만나도 수줍어하지 않으며, 오히려 많은 새로운 친구를 사귀기 좋아한다.

그들은 상대방의 얘기를 잘 들어주며 짧은 시간 내에 상대방에게 자신의 즐거웠거나 좋았던 느낌을 전할 수 있다.

그들은 사랑하는 사람으로부터 사랑을 받고 싶을 때 거절을 당할까봐 두려워하지 않는다. 왜냐하면 그들은 세상의 모든 일이 백발백중 실수나 실패 없이는 이루어지지 않는다는 것을 잘 알고 있기 때문이다.

그들은 외모만으로 사람을 평가하지 않는다. 특히 첫인상으로 상대방의 품성이나 성격 등을 단정짓지 않는다. 그들은 오랜 시간을 갖고 진실된 태도로 상대방에 대해 알려고 노력한다.

그들은 사소한 일 때문에 손해를 보게 되더라도 결코 추급하며 따지지 않는다.

그들은 *세상에서 완벽한 사람이 없다*는 것을 알기 때문에 새로 사귄 친구의 단점에 대해서 자꾸 들추려 하지 않는다.

그들은 자기 주장이 분명하면서도 대부분의 사람들에게 맞출

어디를 가도 이성들에게 호감을 받는 사람은 어떤 특성을 가지고 있을까?

수 있고 잘 어울린다.

　그들은 능력이 있더라도 교만하지 않으며, 그렇다고 지나치게 겸손해하지도 않는다. 또한 *많은 사람들 앞에서 자신의 약점을 스스로 비판할 줄도 안다.*

귀여운 여자라는 말보다 지혜로운 여자라는 말을 듣고 싶다

여자를 태워줄 백마는 이 세상 어디에도 없어요

여성들은 나이에 상관 없이 자신들이 꿈꾸는 이상적인 남성상에 대해 항상 이야기한다.

그러면 *여성들의 이상적인 남성상에 대해 나이별로 구분해 보면 과연 어떤 특징들이 있을까?*

20대의 여성이라면 남성에 대해 일종의 환상과 신비로움을 품고 있다.

자신의 목표를 정하고 그것을 달성했을 때 그 능력을 인정하고 칭찬해 줄 수 있는 남자.

자신이 최대한 노력을 했는데도 해결할 수 없는 어려운 문제에 부딪쳤을 때 그것을 쉽고 완벽하게 해결할 수 있는 남자.

여러 명의 불량배와 맞부딪히게 된 위기상황에서 침착하고 용감하게 싸워 거뜬히 물리칠 수 있는 남자.

잘 발달된 근육을 갖고 있으면서 감정과 정서 또한 풍부한 남자.

자신을 천사처럼 생각하며 사랑해 주는 남자…….

여성들이 곧 꿈속에서 보는 백마를 탄 왕자들이다.

하지만 20대 여성의 사랑은 아주 약하다. 아무리 완벽한 남자라도 단 한 번의 실수만으로 그녀의 마음은 차갑게 돌아설 수 있다. 그 한 번의 실수는 그녀가 꿈속에 설정해 놓은 이상형의 왕자와 크나큰 차이를 만들어 그녀를 실망시켰기 때문이다.

30대 여성들, 특히 기혼여성들은 벌써 많은 차이를 갖는다. 그들은 집안일을 잘 도와주고, 오래돼서 파손된 가구들을 손질해 주며, 아이와 함께 많은 시간을 가져주는 남편을 바란다.

바꾸어 말하면 경제적으로 넉넉함을 유지하며, 집안일을 질서 있게 처리해 주고 아이들에게 좋은 아빠의 역할을 해주는 것을 가장 이상적으로 생각한다.

그러면 40대의 여성은 어떠한가? 그들은 자신에게 많은 신경을 써주는 남편을 바란다. 거기다 낭만적인 생활을 꾸며줄 줄 아는 남자라면 더욱 바랄 것이 없다고 생각한다.

그녀들은 남편과 더 깊게 통할 수 있고, 남편이 때로는 그녀가 필요하다는 것을 정답게 표현해 주기를 원한다.

귀여운 여자라는 말보다 지혜로운 여자라는 말을 듣고 싶다

여성들은 나이에 상관 없이 자신들이 꿈꾸는 이상적인 남성상에 대해 항상 이야기한다. 그러면 여성들의 이상적인 남성상에 대해 나이별로 구분해 보면 과연 어떤 특징들이 있을까?

50대 이상이 되면 여성은 남편과는 서로 의지하며 사는 인생의 동반자라는 느낌을 갖게 되는 것을 중요하게 생각한다. 자기 혼자 이 세상에 남겨두고 일찍 세상을 뜨는 것이 두려워서 남편이 일에 너무 몰두하지 않게 하며, 계속 건강하기만을 바라게 된다.

특히 그 나이는 자식들을 모두 키워 시집, 장가를 보낸 후가 되는 시기라서 남편을 가장 친한 친구로 믿고 마음속의 모든 불만이나 고민을 쏟아놓고 싶어한다.

그래서 늘 집안 문제와 자식 문제 때문에 다투고 짜증스러워했던 지난날을 그리워하는 시간이 많아지며, 이 때문에 그들 부부는 더 아름답게 보인다.

마음 아프게 하는 행동을 하면

세상에서 사랑만이 꼭 달콤한 것이라고 장담할 수 있는 사람은 아마 드물 것이다. 사랑에 빠져 있을 때라도 서로 양보하고 이해할 줄 알아야 한다. 그렇지 않으면 한때 달콤했던 사랑도 쉽게 잃어버릴 수 있다.

만약 상대방이 당신의 감정과는 아무런 상관 없는 이런저런 이야기나 하면서 감정적으로 더 깊게 교류하는 것을 거부하고 있다는 느낌이 들면 당신은 어떻게 할 것인가?

◈ 상대방이 어떤 화제에 대해 이야기하는 걸 거부해도 그에게 강요하지 말라. 오히려 화제를 돌려 상대방의 흥미를 끌도록 해야 한다. 상대방에게 당신이 그를 아주 아끼고 있고, 그를 떠나지 않겠다는 것을 알 수 있도록 한다.

◈ 상대방의 입장에서 당신에 대한 모든 반응을 한번 생각해 보는 것도 괜찮다.

◈ 상대방이 상처를 받을까 두려워하는 마음 없이 자신의 세계를 당신에게 열어주도록 평화롭고 따뜻한 분위기에서 그와

귀여운 여자라는 말보다 지혜로운 여자라는 말을 듣고 싶다

사랑에 빠져 있을 때라도 서로 양보하고 이해할 줄 알아야 한다. 그렇지 않으면 한때 달콤했던 사랑도 쉽게 잃어버릴 수 있다.

편안한 대화를 나누도록 하라.

◈ 만약 상대방이 당신을 자기의 옛 애인과 자꾸 비교한다면, 당신은 절대로 불만을 마음속에 숨기거나 애써 아무렇지 않은 듯 행동하지 말라.

비록 당신이 그 때문에 상대방에게 안 좋은 모습을 보이게 되더라도 당신의 진실한 느낌을 말하는 것이 좋다. 상대방에게 '이런 식으로 나를 대하는 것은 옳지 않다, 나는 어디까지나 나다'라는 것을 알려주는 것이다.

◈ 잔잔한 기분과 자연스러운 분위기 속에서 상대방과 의논하여 대책을 세운다. 만약 나중에라도 이런 경우가 다시 발생하면 곧바로 상대방에게 기억을 상기시켜서 그가 나쁜 버릇을 고칠 수 있도록 해야 한다.

◈ 상대방의 사고방식과 일을 처리하는 방법을 알아두는 것이 좋다. 그러나 무슨 일이 생겼을 때 그가 일을 처리하는 방법이 당신 눈에 어설프고 유치하거나 이해할 수 없다고 해서 무조건 그를 부정하지는 말라.

상대방이 상처를 받을까 두려워하는 마음
없이 자신의 세계를 당신에게 열어주도록
평화롭고 따뜻한 분위기에서 그와 편안한 대
화를 나누도록 하라.

조금만 진정된 마음으로 좀더 생각해서 그의 사고방식과 일
처리하는 방법을 이해하도록 해야 한다. 물론 그의 생각과 행
동이 완전히 정상을 벗어나거나 옳지 않다면 당연히 그에게
알려주어야 한다. 그러나 주의할 것은 지적을 하더라도 *상대
방의 자존심을 반드시 지켜주어야 하며, 상처를 입혀서는 절
대로 안 된다는 것이다.*

귀여운 여자라는 말보다 지혜로운 여자라는 말을 듣고 싶다

행동으로 표현하려는 사랑 습관

남자와 여자는 기본적으로 동경하는 것이 다르다. 그로 인해 자칫 남녀간에는 모순이나 충돌이 생기기 일쑤다.

몇 가지 예를 들어본다.

남자들은 '만인의 애인'이 되는 것을 지상최대의 일처럼 여기고 기원한다. 모든 여자들이 자신에게 매력을 느껴서 단 한 명의 여성한테라도 거절을 당하지 않는 것으로 자신의 존재가치를 인식하려고 한다.

한편, 보편적으로 여자들은 좋은 남자에게 시집가서 그 안에서 자신의 생활을 가꾸고 가정의 행복을 추구하게 된다.

남성들이 육체적인 사랑을 원하는 것은 여성과 더 가깝게 발전하려는 의도 때문이다. 따라서 자신이 육체적인 접촉을 원할 때 상대방이 거절하지 않으면 일단 마음을 놓는 것이다. 남자들은 만난 지 얼마 되지 않아도 상대 여성에게 자꾸 그런 '육체적인 사랑'을 원하고 또한 받고 싶어한다.

그것이야말로 상대 여성에게 '사랑'과 '보장'을 함께 받는 것이

보편적으로 여자들은 좋은 남자에게 시집가서 그 안에서 자신의 생활을 가꾸고 가정의 행복을 추구하게 된다.

라고 확신하기 때문이다.

　그러나 여성의 경우에는 상대방에 대한 신뢰와 자신이 정말로 이 사람을 사랑하고 있는가를 확인한 다음에야 '육체적인 사랑'을 받아들이려고 한다.

　남자들에게는 사랑을 행동으로 표현하려는 습관이 있다. 반면 여자들은 자신의 느낌이나 마음의 변화에 대해 이야기 나누는 것을 육체적인 접촉보다 더 좋아한다.

귀여운 여자라는 말보다 지혜로운 여자라는 말을 듣고 싶다

마음이 속상한 삼각관계

 사랑의 길을 가다 보면 때때로 '사랑의 적'을 만나 복잡한 삼각관계에 빠질 수 있다. 그야말로 서로가 사랑을 쟁취하기 위해 온갖 방법을 사용, 그 적으로 하여금 스스로 삼각관계에서 불리한 입장에 있다는 것을 알고 빨리 떨어져 나가도록 만들려고 한다.

 이런 고민에 부딪치게 된 남녀들은 어떻게 해야 할까?

 만일 당신 애인이 어떤 선택을 하지 못하고 당신과 다른 제3의 여성 사이에서 이리저리 고민하고 있다면, 당신은 다음과 같은 점들을 고려해 봄으로써 사랑하는 사람의 마음을 확인하고 또 당신 것으로 할 수 있을 것이다.

 ◆ 그가 당신 앞에서 제3자와의 사이에 있었던 불쾌한 일을 이야기해 줄 때 당신은 동정하는 태도를 보이는 것이 좋다. 절대로 그의 앞에서 제3자를 나쁘게 평해서는 안 된다.

 단지 그에게 제3자와의 사이에는 성격상의 차이가 있고, 그런 차이는 영원히 둘 사이에 문제가 될 것이라는 암시 정도만

만일 당신 애인이 어떤 선택을 하지 못
하고 당신과 다른 제3의 여성 사이에서 이
리저리 고민하고 있다면,

해주면 된다.

◈ 상대방이 더 많은 시간을 당신과 함께 있기를 좋아하는 것 같다고 느껴지면, 그가 점점 당신에게 기울고 있으며 당신을 깊게 사랑하기 시작한 신호라고 알면 된다. 비록 그가 제3자와 계속해서 사귀고 있다 하더라도 걱정할 필요가 없는 것이다.

그가 제3자와 완전히 관계를 끊을 때까지 참고 기다리도록 한다. 마음이 놓이지 않는다고 해서 바보스러운 행동을 하거나 상대방을 화나게 하면 안 된다.

◈ 상대방에게 좋은 일이든 나쁜 일이든 일이 발생할 때마다 제일 먼저 당신에게 알려준다는 것은, 당신에 대한 믿음이 제3자보다 훨씬 많아서 제일 먼저 당신과 그것을 나누고 싶어한다는 표시로 알면 된다.

상대방은 그 누구도 아닌 당신과 함께 자신의 인생을 함께 하고 싶어하는 것이다. 바꾸어 말하면 당신은 이 삼각관계에서 이미 승리하는 쪽에 놓여 있다는 것이다.

귀여운 여자라는 말보다 지혜로운 여자라는 말을 듣고 싶다

◈ 상대방이 당신과 함께 별이 총총한 하늘 아래를 걷는다든가, 야외에 나가서 바람을 쐰다든가 등의 낭만적인 분위기 속에서 함께 감정을 나누기 좋아하고, 다른 이성과는 그렇지 않다면 그의 잠재의식 속에는 이미 당신을 선택한 것으로 보면 된다.

◈ 만일 상대방에게 당신이 헤어지자고 몇 번이나 이야기했는데도 그가 다시 찾아와 화해를 청한다면 상대방의 마음이 벌써 당신에게 와 있는 것으로 알면 된다.

그러므로 '삼각관계' 상황이 되면 괴롭고 속상하겠지만 다른 사람들처럼 제3자와 옥신각신하면서 상대방을 그림자처럼 쫓아다니고 그런 심경을 그대로 표현한다면, 결국은 자신이 피곤해져서 실패하고 말 것이다.

지혜로운 방법을 사용해 상대방 스스로 당신 곁으로 오게 해야 한다. 멀리 있는 듯하면서 가까이 있는 듯하게 상대방의 초점을 늘 당신에게 맞추게 하는 것이 마음을 붙들어맬 수 있는 가장 좋은 방법이다.

사랑과 결혼, 그 빛나는 환희

남성과 여성의 애정관은 서로 다르다. 더불어 성(性)과 결혼에 대한 생각에도 분명 차이가 있다.

그 몇 가지 예를 들어보자.

결혼에 대하여:

시간이 흐를수록 남성들은 결혼에 대해 회의적이 되어 간다. 왜냐하면 그들이 가정에서 얻는 만족감은 여성에 비해 훨씬 못 미치기 때문이다.

그러나 여성들은 집에서 하루의 일을 끝내고 남편이 집에 돌아오길 기다려 퇴근한 남편과 함께 저녁식사를 하고 편안하게 이야기를 나누는 것에서 큰 만족감을 얻는다.

애정에 대하여 :

남성들은 애정을 모험성이 큰 하나의 투자라고 생각한다. 각각 50대50으로 실패의 비율을 정한 그들은 일단 감정이 깨지면 더 이상 쓸데없는 투자를 하지 않으려고 한다.

귀여운 여자라는 말보다 지혜로운 여자라는 말을 듣고 싶다

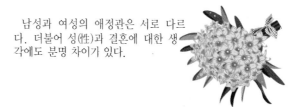

남성과 여성의 애정관은 서로 다르다. 더불어 성(性)과 결혼에 대한 생각에도 분명 차이가 있다.

절대로 시간을 연장해서 현 상태를 바꾸려고 하지 않는 것이다. 하지만 여성들은 사랑이 반드시 달콤한 것만은 아니지만 모험을 해볼 가치가 있다고 생각한다.

성애(性愛)에 대하여:

세상에서 육체적인 사랑을 지겨워하는 남자는 거의 없을 것이다. 그들은 한 여자의 남편이라는 것 외에 할 수만 있다면 '대중적인 애인'이 되길 기대하고 또 좋아한다.

반대로 여성들은 어느 한 남자에게만 충실하기를 원한다. 그들은 상대방과 깊게 사귀면 사귈수록 점점 더 가까워지고 성생활에도 쉽게 만족감을 느낀다.

여성들은 정신적 위안을 육체적인 욕구보다 훨씬 소중하게 생각한다. 대부분의 남자들이 쉽게 착각하는 점이 바로 이것이다.

여성들은 정신적인 사랑이 강해진 후에야 육체적인 사랑을 하고 싶어하는 반면에, 남성들은 육체적인 사랑에 먼저 관심

을 갖는다.

가정에 대하여 :

결혼하기 전에 아무리 마음을 잡기 힘들었던 여성이라도 일단 한 남자와 결혼을 하고 자식을 낳으면 마음을 거의 가정에 쏟고, 가정을 자신의 전부라고 생각해서 비록 자신의 삶의 모두를 다 바쳐도 후회하지 않는다.

그러나 대부분의 남성들은 결혼하기 전에 아무리 충실하게 여자를 쫓아다녔다 하더라도, 결혼 후에는 여자만큼 가정에 정성을 바치지 못한다.

그들은 가정을 자신이 힘들거나 괴로울 때 편안히 쉴 수 있는, 그야말로 안전하고 편안한 항구로만 생각한다.

물론 이 말을 들은 남자들이라면 억울하다며 항의할 것이다. '우리를 위해서가 아니라 가정을 위해서 열심히 뛰고 있는 것이다'라고. 그러나 '가정 외에 또다른 목적은 없었나? 남들보다 더 출세하고 싶고 남한테서 인정받고 싶은 마음은 없었나?'를

귀여운 여자라는 말보다 지혜로운 여자라는 말을 듣고 싶다

남성들이 조금만 더 곰곰이 생각해 보면 곧 알 수 있다. 그렇
다고 그것이 이상한 것은 결코 아니다.

 단지 그것이 바로 남녀간의 차이일 뿐이라는 사실이다.

모든 사람이 사랑에 빠지는 건 아니에요

모든 사람들에게 사랑에 빠질 용기가 다 있는 것은 아니다. 많은 사람들은 일단 깊은 정이 들면 심리적인 영향 때문에 자제력을 잃지 않을까 늘 걱정하고 두려워한다.

그래서 어떤 때는 상대방에게 깊이 빠지는 듯하다가도, 갑자기 무언가를 깨달은 사람처럼 돌변하여 사랑하는 연인과 나누던 진지한 사랑을 거부하기도 한다.

이런 심리가 계속 발전하면 위험한 상태로까지 진전되어 사랑의 달콤한 열매도 따지 못하게 되는 경우가 생긴다.

다음은 이런 심리적인 장애를 고치는 방법들이다.

전에 상대방과 함께 지냈던 달콤한 시간들을 회상하며 자신의 마음을 열어본다. 상처를 받으면 어떻게 할까 하는 마음의 두려움을 떨쳐버리고 상대방을 수용하는 동시에, 상대방으로 하여금 당신을 잘 알 수 있는 기회를 가질 수 있는 방안을 강구한다.

상대방과 함께 서로의 감정을 나누는 기회를 가져본다. 사랑

귀여운 여자라는 말보다 지혜로운 여자라는 말을 듣고 싶다

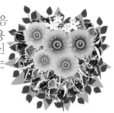

상처를 받으면 어떻게 할까 하는 마음
의 두려움을 떨쳐버리고 상대방을 수용
하는 동시에, 상대방으로 하여금 당신
을 잘 알 수 있는 기회를 가질 수 있는
방안을 강구한다.

하는 사람을 대할 때는 언제나 솔직해야 한다.

그것은 당신이 자신의 꿈과 두려움을 상대방에게 솔직하게
이야기할 때 뜻밖에도 기대하지 못한 만족감을 얻게 될 수도
있기 때문이다.

만약 당신이 말로 자신의 애정을 표현하기가 거북하다면 신
체언어로 표현해도 된다. 그러면 상대방은 꼭 알아줄 것이다.

*상처를 받지 않으려면 우선 상처받는 것을 두려워하지 않는
마음의 자세부터 배워야 한다.* 바꾸어 말하면 긴장을 풀고 마
음을 열어서 상대방에게 자신의 비밀과 전에 자신이 겪었던
창피스러운 경험 등을 모두 말해준다.

그러면 상대방 역시 당신에게 자신의 모든 것을 솔직히 이야
기하게 되고, 서로간의 감정은 자연스럽게 거리를 좁히게 될
것이다.

당신이 상대방과의 만남을 반드시 지켜야 할 의무처럼 느낀
다면 그런 느낌을 직접 털어놓고 이야기함으로써 새로운 방법
을 찾는 것이 좋다.

무슨 일이든 너무 급하게 서두르면 안 된다. 상대방과 차분히 감정을 키워 나가며 자연스럽게 말할 사이가 되도록 *충분한 마음의 여유를 가져야 한다.*

귀여운 여자라는 말보다 지혜로운 여자라는 말을 듣고 싶다

무기력증에 빠진 그를 다시 일어서게 하려면

여성들은 중년기가 지나고 폐경기가 되면 대부분 성격이나 태도에 큰 변화가 온다. 그러므로 여성들에게 그 시기는 인생에서 가장 슬기롭게 극복해야 할 시련기라고 할 수 있다.

남성의 경우도 마찬가지이다. 이런 *'중년의 위기'가 찾아오게 되면 그들은 평소와는 아주 다른 모습으로 변한다.* 아내들은 이럴 때 그의 '나머지 한쪽'으로서 많은 이해와 관심을 갖고 지켜보는 것이 무엇보다 중요하다. 그렇지 않고 싸움을 일으킨다면 서로에게 나쁜 감정만 심어주게 될 것이다.

사랑하는 사람에게 닥친 '중년의 위기'를 다음 몇 가지 방법을 통해 슬기롭게 극복해 보라.

우선 잘 이해되지 않는 평소와 다른 모습을 보일 때 그것이 일부러 하는 행동이 아니라는 것을 이해해야 한다. 상대방이 자신의 감정을 절제하지 못할 수도 있으므로 스스로 자제력을 회복하도록 용기를 주고 다독거려 주는 것이 지혜로운 아내의 역할인 것이다.

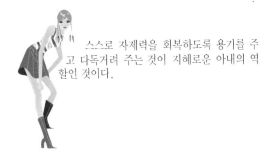

스스로 자제력을 회복하도록 용기를 주고 다독거려 주는 것이 지혜로운 아내의 역할인 것이다.

항상 그이에게 자신이 '중년의 위기'에 처해 있음을 새겨주고, 당신의 원망과 잔소리가 아니라 따뜻한 도움과 격려의 말을 필요로 한다는 것을 잊지 않는다.

어떤 때 그의 행동이 좀 우스꽝스럽고 유치하더라도 무시해서는 안 된다. 그가 자신을 젊어보이게 꾸민다거나, 풀밭에서 화초 몇 그루를 캐어 와 화분에 옮겨 심더라도 그를 놀리는 말을 해서 창피하게 만들지 않아야 한다.

반대로 그가 한 일에 대해서는 항상 칭찬하는 것을 잊지 않도록 한다. 그리고 어떤 때는 *그가 하는 일에 동참해서 그의 즐거움을 함께 나누며 남성의 천진난만한 면을 좋아하도록 노력한다.*

아름다운 거짓말을 해서라도 남성이 자신에게 늘 필요한 존재임을 느끼게 해 자신감을 심어주도록 한다. 이런 말을 그에게 해줄 수도 있을 것이다.

"당신이 이렇게 훌륭한 사람인지는 몰랐어요. 나와 처음 만났을 때보다 살아오면서 발견한 당신의 모습에서 훨씬 좋은

귀여운 여자라는 말보다 지혜로운 여자라는 말을 듣고 싶다

아름다운 거짓말을 해서라도 남성
이 자신에게 늘 필요한 존재임을 느끼
게 해 자신감을 심어주도록 한다.

면을 많이 발견했어요. 이렇게 넓은 세상에서 당신이라는 남
자를 만났다는 것이 제게는 엄청난 행운이며 축복이라고 생각
해요. 나는 영원히 당신과 함께 살 수 있기를 기원할 거예요."

결혼 후에도 열정을 유지하세요

당신은 혹시 결혼한 지가 오래되어 *당신 옆에 누운 사람과의 열정이 식은 것은 아닌가 라는 생각에 빠져 있지 않은가?*

비록 여전히 상대방을 사랑하고 있기는 하지만, 연애시절이나 결혼 초기의 열정은 다 식어버리고 몸에 배어버린 규칙적인 생활만이 생활의 전부를 차지했을 수도 있다.

서로가 연애 당시처럼 상대방에 대해 열정적인 사랑을 하는 것에 어쩌면 우습다는 느낌마저 가질 것이다.

만약 당신의 부부 사이가 이런 상황이라면 절대로 소홀히 웃어넘길 일이 아니다. 이것이 만에 하나 결혼 생활의 위기를 불러들일 징조일지도 모르니까.

당신의 결혼생활을 좀더 다양하고 재미있게 만들 수 있는 방법을 여기에 소개한다.

◈ 상대방이 당신 몸에 향수를 뿌리는 걸 싫어하더라도 가끔은 은은한 향기가 나는 향수를 몸에 뿌려본다. 향수를 쓰는 습관이 있다면 평소에 쓰던 향수와는 다른 것을 써서 상대방에

귀여운 여자라는 말보다 지혜로운 여자라는 말을 듣고 싶다

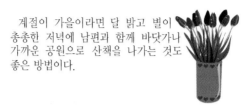

계절이 가을이라면 달 밝고 별이 총총한 저녁에 남편과 함께 바닷가나 가까운 공원으로 산책을 나가는 것도 좋은 방법이다.

게 색다르면서 신선한 느낌을 주는 것은 어떤가?

◆ 평소보다 조금 일찍 침대에 올라 서로 함께 있을 수 있는 기회를 만들어 가정에 대해, 또는 사회문제에 대해 이야기를 나누면서 포옹하고 입맞추는 분위기를 만들어 보라.

계절이 가을이라면 달 밝고 별이 총총한 저녁에 남편과 함께 바닷가나 가까운 공원으로 산책을 나가는 것도 좋은 방법이다. 상대방이 특별히 좋아하는 옷을 입고 두 사람만의 세계를 다시 방문하는 것이다.

◆ 일상생활 속에서는 상대방과의 육체적 접촉의 기회를 자주 가지는 것도 좋다.

그러면 상대방에게 늘 새롭고 따뜻한 느낌을 전달할 수 있을 것이다. 가끔씩 '원앙욕(부부가 함께 하는 목욕)'을 하는 것도 감정 촉진에 좋다.

◆ 오래 입었던 속옷 대신에 비용이 좀 들더라도 디자인이 새롭고 특이한 속옷이나 홈웨어를 구입해서 사랑하는 사람에게 다른 느낌을 주도록 한다. 그러면 그가 이전보다 더 당신을

당신과 결혼한 것이 가장 큰 행복이었
음을 감미로운 어조로 말해주는 것도 생
활의 묘미라 할 수 있다.

좋아할 것이다.

◈ 가끔씩 슈퍼마켓에서 샴페인 같은 부드럽고 분위기 있는 술을 구입해 저녁식사가 끝난 후에 함께 마주앉아 마시면서 이런저런 이야기를 나누고, 조금 피곤함이 느껴지면 함께 침대에 오르는 것도 부부생활을 신선하게 하는 한 방법이다.

◈ 그리고 할 수만 있다면 부부가 함께 결혼 전 데이트코스로 자주 다녔던 장소를 찾아서 그때의 느낌을 회상해 보는 것도 좋다.

◈ 나이가 들고 결혼생활이 권태롭더라도 상대방에 대한 태도를 완전히 바꾸지는 말아야 한다.

각자가 한동안 바쁘다가도 어느 날 저녁식사 후에 음악을 틀어놓고 커피를 마시면서 상대방에게 당신과 결혼한 것이 가장 큰 행복이었음을 감미로운 어조로 말해주는 것도 생활의 묘미라 할 수 있다.

귀여운 여자라는 말보다 지혜로운 여자라는 말을 듣고 싶다

갈등을 일으키는 일과 애정

　현대는 여성들이 결혼한 후에도 계속 직장생활을 하는 것이 점점 보편화되고 있는 추세다. 따라서 *남성들은 항상 여자들이 일 때문에 자기에게 신경을 쓰지 못한다고 원망스러워한다.* 바로 이런 문제가 발단이 되어 행복하던 가정이 깨지는 경우를 종종 본다.

　이에 대한 예방책이 될 수 있는 방법 몇 가지를 제시해 본다.

　먼저 상대방에게 당신이 하고 있는 일에 대해 충분히 이해할 수 있게끔 자주 대화의 시간을 마련해야 한다.

　남자들은 대부분 자신을 믿어주고 의지하는 것을 좋아하므로 어떤 번거롭고 까다로운 문제가 생기면 그에게 도움을 청해 보는 것도 좋다. 이런 방법을 통해서 상대방이 당신의 일에 흥미를 가질 수도 있고 즐거움과 어려움을 함께 나눌 수 있는 것이다.

　또는 자신의 동료들과 남편이 함께 어울릴 수 있는 기회를 만들어 본다. 당신 동료들과 남편이 즐거운 주말을 함께 지내는

상대방에게 당신이 하고 있는 일에 대해 충분히 이해할 수 있게끔 자주 대화의 시간을 마련해야 한다.

것은 남편의 심리적인 의심이나 부담감을 풀어주는 좋은 방법이 될 것이다. 대부분의 남편들은 자기 아내가 하고 있는 일과 매일같이 접촉하는 동료들에 대해 좀더 많이 알고 싶어하기 때문이다.

아무리 일이 바쁘다고 해도 일주일에 한두 번쯤은 남편과 함께 외식을 하도록 노력해 보라. 사실은 남성들도 아내와 함께 낭만적인 분위기에서 마주앉아 따뜻하고 행복한 느낌을 나누기 좋아한다. 다만 이런 부분을 표현할 적절한 시기와 말을 찾지 못하는 것뿐이다.

사무실에 있을 때 가끔씩 남편에게 '전화를 걸어보고 싶다'고 말한다. 이런 행동은 아주 사소해 보이지만 사실은 전화 한 통, 말 한 마디가 남성을 만족스럽고 따뜻하게 만들어 줄 수 있다. 비록 그가 전화로야 기쁜 얼굴을 나타내지 못하지만 말이다.

일이 잘 안 풀리거나 회사에서 스트레스를 받는 일이 생겼더라도 남편에게 짜증을 내거나 화풀이를 해서는 안 된다. 겉으

귀여운 여자라는 말보다 지혜로운 여자라는 말을 듣고 싶다

전화 한 통, 말 한 마디가 남성을 만족스럽고 따뜻하게 만들어 줄 수 있다. 비록 그가 전화로야 기쁜 얼굴을 나타내지 못하지만 말이다.

로 보기에 남자들이 강한 것처럼 보일지 모르지만, *감정의 문제가 걸리면 사실 아주 약해지는 게 남자다.*

당신이 맡은 어떤 일이 순조롭게 진행되었다면 그 공로를 남편에게 돌린다. '당신의 도움 없이 나 혼자의 힘만으로는 절대 될 수 없었던 일'이라고. '고맙다'는 말을 하는 것도 잊지 말자.

첫 데이트 비용은 누가 계산하나요?

현대 여성들은 '인간 평등' 특히 '남녀 평등'의 사고방식을 철저히 실천하고자 하는 뜻에서도 이성과 식사를 한 후 함께 계산하는 것을 당연하게 생각한다. 특히 처음으로 약속해서 만났을 때는 더더욱 그렇다. 그렇다면 *도대체 누가 데이트 비용을 부담하는 것이 옳을까?*

여자가 계산해야 한다고 주장하는 부류의 생각은 다음과 같다.

자신에게도 충분히 경제능력이 있는데 왜 꼭 남자에게 신세를 져야 하나, 얻어먹어야 하나?

이것은 독립성이 강한 일부 여성의 표현이며, 당당한 자신감에서 비롯된다.

특히 이런 여성은 남자에게 신세지는 것은 물론, 상대방에게 얻어먹고 난 후에는 그의 말을 잘 들어야 한다는 굴욕감을 느껴야 하는 것을 싫어한다. 어느 누구에게도 부속물이 되기 싫은 것이다. 돈을 잃는 것보다 자존심과 자유를 잃는 것을 더 크게 생각하므로 상대방과 똑같이 계산을 치르며 똑같은 인격

귀여운 여자라는 말보다 지혜로운 여자라는 말을 듣고 싶다

을 고집한다.

또는 상대방과 계속해서 사귀고 싶지 않아 감정적으로나 경제적으로 깨끗이 정리하고 싶을 때 여성들은 이렇게 행동한다.

그러면 남자들은 이렇게 여자가 계속해서 자신이 계산을 부담할 때 어떤 느낌을 갖는가? 이것은 상대 여성이 자신에게 '나에게 꿈도 꾸지 말라'는 암시가 섞인 행동으로 받아들여 그냥 보통의 친구 관계를 유지하겠다는 생각을 갖게 만든다.

상대 여성이 자기를 좋아하지 않는다는 뜻으로도 받아들이지만, 심할 경우 자신에 대한 모욕이라고까지 생각하는 남자도 있다.

그러나 반대로 어떤 남성들은 상대 여성이 누나나 엄마같이 자신을 보살펴 주는 한 유형의 사람으로 보고 자신의 돈을 아껴주려고 하는 행동이라고 생각한다.

이와 같이 *누가 계산을 하는가를 지나치게 의식하고 그것에 따라 반응을 보이면 잘 발전해 갈 관계도 깨어지게 마련이다.*

남성들은 상대 여성이 누나나 엄마같이 자신을 보살펴 주는 한 유형의 사람으로 보고 자신의 돈을 아껴주려고 하는 행동이라고 생각한다.

그렇다면 이런 경우 어떻게 해야 할까?

무엇보다 자연스럽게 생각하고 행동하도록 애써야 한다. 누가 돈을 내느냐는 둘 사이에는 그리 중요한 문제가 아니라고 생각하고 쓸데없는 감정낭비를 하지 말아야 한다.

만약 그냥 상대방이 계산을 했을 때는 예의 바르게 상대방에게 고맙다고 인사하며, 상대방이 호감을 가진 것에 대한 표현이라고 생각하면 큰 무리가 없을 것이다.

귀여운 여자라는 말보다 지혜로운 여자라는 말을 듣고 싶다

'나머지 반쪽'과 사귀는 '예술'

부부 사이에 자신이 상대방에게 필요하고 상대방에게 사랑받고 있다는 느낌을 가지는 것은 너무나 중요한 문제이다. 그러나 유감스러운 것은 많은 사람들이 물질적인 생활만을 소중하게 생각하고 정신적인 교류를 소홀히 한 결과, 결국은 감정을 깨지게 하여 이혼으로 결혼생활에 종지부를 찍게 되는 경우이다.

*부부 감정 유지에 아주 효과적인 방법들*이 있다.

항상 상대방에게 한 마디의 찬미하는 말과 함께 포옹과 입맞춤을 해주면서 사랑한다고 속삭여 준다.

또 아무리 부부 사이라 하더라도 한쪽에서 다른 한쪽에게 너무 의지하고 기대면 상대방이 피곤하고 부담스러워한다는 것을 알아야 한다.

따라서 당신은 자신이 필요로 하는 것과 목표에 대해 전적으로 상대에게 기대려 하지 말고, 스스로 책임을 지려고 노력해야 한다. 그러면 서로의 관계를 늘 평화스럽게 유지할 수 있을 것이다.

부부 사이에 자신이 상대방에게 필요하고 상대방에게 사랑받고 있다는 느낌을 가지는 것은 너무나 중요한 문제이다.

한 쌍의 성숙한 연인이라면, 사랑의 길에는 고통스러울 때도 있고 서로 의견이 일치하지 않아 싸우고 냉전할 때도 있을 수 있다는 것을 알아야 한다.

그런 불쾌한 일을 피하기 위해서는 서로 이해하고 양보하는 것을 배우고, 절대로 쉽게 헤어지자는 말을 하지 않도록 한다.

당신이 알아야 할 것은 어떻게 자기 스스로를 사랑하고 자신의 장·단점을 파악하느냐 하는 것이다. 그래야 비로소 '나머지 반쪽'과 사귀는 '예술'을 터득할 수 있고, 또한 상대방을 진정으로 좋아할 수 있다.

결혼으로 인해 자신의 애정생활이 어떤 울타리에 갇히는 것 같고 자유를 완전히 박탈당한 것처럼 되는 것을 좋아할 사람은 없다. 그렇지만 상대방을 격려해서 새로운 목표를 향해 함께 전진하고 성장하는 것이 틀림없이 둘의 사이를 더욱 가깝게 하는 길임을 이해시킨다면 그 이상 더 좋은 방법은 없다.

또 *공통적인 둘만의 취미를 가져서 함께 즐길 수 있는 시간과 기회를 많이 만드는 것도 좋다.*

귀여운 여자라는 말보다 지혜로운 여자라는 말을 듣고 싶다

사랑하는 사람이 언짢아 할 때

당신은 평생을 통틀어 다음과 같은 경험이 몇 번이나 있었는가?

남편이나 애인이 갑자기 다른 사람이 된 것처럼 말수가 적어지고, 때로 화를 잘 내며, 모든 일에 흥미가 사라진 사람처럼 행동한다. 취미생활도 전혀 하지 않는다.

도대체 그의 주변에 무슨 일이 일어났는지 짐작할 수도 없고, 직접 물어보기도 힘들어 참고 있다가, 결국 자신의 감정까지도 다치게 되는 경우를 상상해 보았는가.

만약 당신이 이런 어려움에 처했다면 어떻게 할 것인가?

먼저 문제가 자신에게 있다고 단정하고 오해하지는 말라. 왜냐하면 상대방의 그 모든 이상한 행동이 근본적으로 당신 탓은 아니기 때문이다.

누구나 기분이 우울하거나 속상할 때가 있다는 사실을 알아야 한다. 어떤 때는 이런 상황이 계속해서 며칠 동안 연장될 수 있다.

그리고 상대방에게 자꾸 '왜 그러느냐?'라고 물어보는 것은

남성들의 기분이 좋지 않은 이유는 대부분 일이 마음대로 풀리지 않고 자존심이 상했기 때문이다.

좋은 방법이 아니다. 아무 일도 없는 것처럼 그에게 자기 스스로 진정시킬 수 있는 *시간적 여유를 주어서 스스로를 돕는 방법을 터득할 수 있게 하는 것이 좋다.*

상대방의 기분이 아주 우울하고 초조할 때에는 그를 자극하는 행동을 되도록 삼가하고, 충분히 혼자 생각할 시간과 공간을 준다. 그렇게 하면 어느 정도 시간이 지나고 나서 그는 당신을 고맙게 여길 것이다.

그가 어떤 방법의 한 가지로 방 안에서 왔다갔다 하고, TV를 틀어 놓고서는 소파에 누워 졸고 있더라도 놀라거나 못마땅한 표정을 짓지 말라.

특히 잔소리로 그를 나무라지 말아야 한다. 그러면 오히려 상대방은 분노로서 당신에게 화풀이를 하게 될 것이기 때문이다.

남성들의 기분이 좋지 않은 이유는 대부분 일이 마음대로 풀리지 않고 자존심이 상했기 때문이다. 지혜로운 여성이라면 절대로 그에게 직선적으로,

"일이 잘 안 풀려요?"

귀여운 여자라는 말보다 지혜로운 여자라는 말을 듣고 싶다

하고 물어보지 않는다. *기교적으로 부드럽게 유도해서 상대*
방이 스스로 당신에게 이야기하고 싶게 만들어야 한다.

좋은 분위기를 만들어서 그가 잠시 동안만이라도 불쾌한 일
을 잊을 수 있게 한다. 아주 재미있는 영화 티켓을 사서 상대
방과 함께 영화구경을 하거나 그가 좋아하는 운동을 함께 보
는 것 등이다.

오랜 사귐에도 싫증나지 않는 방법

　만난 지 오래된 남녀들이나, 결혼한 지 오래된 부부들에게 서로를 실망하게 만드는 것은 '7년의 간지러움증'처럼 둘 사이가 지겹고 마주앉아도 할 말이 없는 상황일 것이다.

　당신이 이미 상대방을 사랑하지 않거나, 또 관계를 만회할 필요가 없다고 생각하지 않는다면 이런 *위기 감정이 생겼을 때 모든 책임을 한 사람한테만 돌리지 말고 둘이 함께 극복할 수 있는 대책을 상의해서 세워야 한다.*

　이럴 때 사랑의 불을 다시 타오르게 할 방법이 있다.

　남자가 밖에서 바람을 피우고 여자도 바깥애인이 생기게 되는 원인은 생활이 지겹고 재미가 없고, 옛날에 느꼈던 설레이는 감정이 이제 다 사라졌기 때문이다.

　그럴 때는 가끔 남편과 호텔에서 약속하는 기회를 만들어서 함께 즐기는 것도 좋은 아이디어다. 만남이 끝나고 집으로 돌아온 다음엔 아무 일도 없었던 것처럼 자연스러운 일상생활로 돌아가는 것이다.

　이렇게 하면 사람이 누구나 가지고 있는 '맛있게 음식을 훔쳐

귀여운 여자라는 말보다 지혜로운 여자라는 말을 듣고 싶다

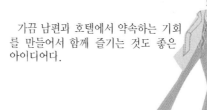

가끔 남편과 호텔에서 약속하는 기회를 만들어서 함께 즐기는 것도 좋은 아이디어다.

먹고 싶어하는' 심리를 만족시킬 수 있고 정다운 생활을 성취할 수 있다.

당신도 이 방법을 한번 시험해 보는 것이 좋다. 부부 사이의 위기를 순조롭게 넘길 수 있도록 도움을 줄 것이다.

만약 둘이 한 직장에 다니는데 직장에서 무슨 변화가 일어났기 때문에 정신적 압박을 받아 서로간의 이야기도 적어지고 마음속 말을 하지 않아 마음이 불편하다면 이런 게임을 해보는 것도 좋다.

시계를 책상에 올려놓고 서로 5분간 자신의 불만스러운 심정을 쏟아놓는 것이다. 물론 무슨 중요한 문제를 상의해야 될 때는 예외로 해야 한다.

이렇게 하면 하나의 오락처럼 느껴져서 재미가 있을 뿐만 아니라 상대방이 무슨 일이든지 마음속에 숨기는 습관이 드는 것을 막을 수도 있다.

출장을 자원해 가서 잠시 상대방과 멀리 떨어져 있는 것도 한 사람에게 지겨워지는 마음을 조절할 수 있는 수단이 될 수 있

시계를 책상에 올려놓고 서로 5분간 자신의 불만스러운 심정을 쏟아놓는 것이다. 물론 무슨 중요한 문제를 상의해야 될 때는 예외로 해야 한다.

다. 물론 이런 방법은 두 사람 모두에게 밖에서 새로운 이성을 만들지 않는다는 조건이 전제되어야 한다. '작은 이별 후의 만남은 신혼보다 더 설레이고 달콤하다'는 말이 바로 이런 경우에 해당할 것이다.

귀여운 여자라는 말보다 지혜로운 여자라는 말을 듣고 싶다

사랑의 위기를 극복하려면

일단 자기의 애인이 다른 여자를 사랑하고 있거나 새로운 여자가 생긴 것을 알게 되면 보통 여성들은 화가 나서 하루 종일 울고 떠들기만 하는 반응을 보일 것이다.

그러나 사실 이런 행동은 그저 기분을 푸는 수단일 뿐, 근본적인 문제를 해결하는 데는 아무 도움이 되지 않는다.

이럴 때 참고할 수 있는 효과적인 대책을 알아본다.

감정이나 협박만으로 예전의 감정을 만회할 수는 없다. 감정을 만회하고 싶다면 상대방에게 책망이나 협박을 하는 것은 아무 의미가 없다.

진정한 마음으로 남자에게 자신의 느낌을 전달하고 그러면서도 상대방의 느낌도 알아야 한다.

그러면 그는 당신이 그렇게 마음 아파 하면서도 참고 자신의 인격을 존중해 준 것에 대해 미안해 할 것이고, 한편으로는 자신의 잘못을 부끄럽게 생각할 것이다.

그러므로 *함께 서로의 걱정과 두려움 나누기를 배워라.* 그런

방식으로 자신과 상대방 모두 잘못을 고치는 기회를 가져라.

상대방에게 새로운 여자가 생긴 것으로 인해 본인의 자존심은 크게 상했을 것이다. 그럴 땐 전문가를 찾아가 자신의 행동을 지도받는 것도 좋은 방법 중의 하나이다.

그러나 이번 감정이 만회할 가치가 있는가를 잘 생각해 보는 것도 중요하다.

답이 긍정적이라면 잠시 동안은 불쾌한 채로 지낼 마음의 준비를 해두는 것이 좋다. 아니면 헤어지는 방법밖에 다른 도리가 없다.

부부 사이의 애정 말고도 중요한 비중을 차지하는 것은 두 사람간의 우정을 존속시키는 것이다.

고통의 긴 터널을 지나 정상으로 회복시키는 첫걸음은 각자가 새로운 취미를 키우는 것에 있다. 그런 취미생활에서 성취감과 자신감을 얻고 함께 즐거움을 나눈다.

일단 모든 것이 무너지고 당신이 결국 그와 헤어지게 된다 해도 자신감을 가져야 한다. 그런 경우 자신감은 당신에게 계속

귀여운 여자라는 말보다 지혜로운 여자라는 말을 듣고 싶다

부부 사이의 애정 말고도 중요한 비중을 차지하는 것은 두 사람간의 우정을 존속시키는 것이다.

해서 나머지 인생을 행복하게 보낼 수 있게 하는 가장 큰 원동력이 되기 때문이다. *당신은 용기를 가지고 열심히 노력해서 자신의 남은 삶은 전보다 더 아름답게 가꾸어야 한다.*

사랑하는 사람이 화를 내네요

비록 친한 친구나 부부라도 오랫동안 사귀다 보면 항상 의견이 같을 수는 없기 때문에 다투는 일은 종종 있을 수 있으며, 또한 불가피할 것이다. 그리고 일이 심각해져서 두 사람 모두 한 치의 양보도 하지 않거나 등을 돌리게 되고 애써 가꾼 정이 깨지게 되는 일도 아주 흔히 일어나는 일이다.

만약 애인이나 남편이 *어떤 사소한 일 때문에 화가 났을 때 당신의 태도 여하에 따라 일이 악화되거나 반대로 호전될 수 있다.* 그런 경우 당신이 문제를 해결할 수 있는 효과적인 방법을 알아본다.

상대방이 화가 나서 흥분하면 물론 당신도 기분 나쁜 것은 마찬가지겠지만 결코 같이 흥분하지 말고 차분하고 이성적으로 행동한다. 당신의 그런 태도는 상대방의 흥분을 가라앉히는 데 큰 도움이 될 것이다. 당신의 태도는 상대방에게 큰 영향을 준다는 것을 명심할 필요가 있다.

상대방이 화가 나서 흥분해 있을 때에는 그가 얼마나 교양이 없어 보이고 무식해 보이는지 깨우쳐 주려고 하지 말라. 특히 상대방이 화가 나서 흥분하면 물론 당신도 기분 나쁜 것은 마찬가지겠지만 결코 같이 흥분하지 말고 차분하고 이성적으로 행동한다.

그의 잘못을 일일이 잔소리를 늘어가며 지적하는 것도 그의 상태를 악화시키는 역할을 하므로 삼가해야 한다.

그렇게 그와 똑같이 싸우는 것보다는 차라리 자리를 피해 밖으로 나가 자신을 진정시키는 것이 좋다. 흥분된 마음을 가라앉힌 다음 그와 이야기를 하는 것이 더욱 효과적이다.

'꾸어다 놓은 보릿자루'처럼 아예 아무 말도 하지 않는 방법으로 상대방을 대하지 말라. 이런 행위는 상대방의 화를 더욱 부채질하는 꼴이기 때문이다. 그뿐만 아니라 자신을 무시한다는 생각 때문에 결국 그는 참지 못해 심한 욕을 하게 되고 상황은 더욱 나빠질 것이다.

상대방이 완전히 엉뚱하게, 아무 이유 없이 자기 기분에 의해 화가 났거나 자제력을 잃은 것이라면 당신은 자신을 위해 변호해도 된다. 하지만 진정한 태도로 상대방에게 사실대로 이야기를 해야 한다. 이번 일과 상관 없는 이야기를 하거나, 전에 그가 잘못했던 일까지 꺼내서 한꺼번에 몰아붙여서는 안 된다.

자신을 무시한다는 생각 때문에 결국
그는 참지 못해 심한 욕을 하게 되고
상황은 더욱 나빠질 것이다.

*사람들은 항상 일이 일어나는 순간에는 당면한 문제를 크게
받아들인다.* 그래서 갑자기 화를 내는 것이다. 하지만 시간이
좀 지나 진정이 되면 자기가 화냈던 일이 아무것도 아닌 것을
깨닫게 된다. 그때 그는 스스로 창피하고 무안해져서 당신에
게도 미안스럽게 생각할 것이다.

귀여운 여자라는 말보다 지혜로운 여자라는 말을 듣고 싶다

그 사람이 괴로워할 때

남성들은 보통 자신의 감정을 잘 표현하지 못한다. 특히 머리가 복잡하고 기분이 저조할 땐 말도 평소보다 더 적어지고 화도 잘 낸다. 만약 이럴 때 상대 여자가 자기에게 화가 난 것으로 생각하면 서로의 오해만 쌓일 것이다.

남성들의 기분이 안 좋은 것은 대부분 그들의 일 때문이다. 이럴 때 그들의 기분을 회복시켜 줄 수 있는 방법을 알아보는 것도 매우 유익한 도움을 줄 것이다.

우선, 남편이나 애인이 화가 났을 때 같이 화내지 말아야 한다. *그가 꼭 당신 때문에 화가 난 것이 아니라는 것을 알아야 한다.* 아니면 괜히 오해를 해서 결과를 나쁘게 할 수 있다.

자꾸 상대방에게 무슨 일 때문인가 물어보지 말라. 그가 정말로 말하고 싶다면 스스로 이야기했을 것이다. 마음의 압박을 덜어주는 가장 좋은 방법은 그에게 운동을 권해보는 것이다. 운동을 통해서 나쁜 기분을 풀 수 있다.

함께 주말 여행의 스케줄을 세워보거나 집안에서 한 끼의 멋진 식사를 준비하거나 하는 일은 모두 남자에게 복잡하고 우

마음의 압박을 덜어주는 가장 좋은
방법은 그에게 운동을 권해보는 것
이다. 운동을 통해서 나쁜 기분을
풀 수 있다.

울한 기분에서 탈피해 다시 성취감을 느끼게 하는 데 도움을
준다.

당신은 상대방의 문제에 대해 도움이 하나도 될 수 없을 것이
라고 생각되는 의미 없는 질문을 그에게 하지 말라. 이럴 때에
당신은 그의 말을 들어주는 역할이 적당하다. 상대방으로 하
여금 마음속의 모든 괴로움을 쏟아버리고 기분이 회복되도록
해준다면 대책이 생각날 것이다.

만약 상대방이 혼자 있고 싶다고 요구한다면 옆에 있으려고
고집을 부릴 필요가 없다.

*그가 자제력을 잃어 당신에게 철없이 화풀이를 하려고 한다
면 당신은 당분간 그를 피하는 것이 좋다.* 그가 완전히 진정
된 다음에 그와 대화를 해야 한다.

귀여운 여자라는 말보다 지혜로운 여자라는 말을 듣고 싶다

사랑의 감정은 이럴 때 변하지요

　사람은 천성적으로 마음이 약하고 변덕이 심한 동물이다. 비록 결혼하기 전에 하늘을 우러러 영원히 변치 않겠다고 맹세했던 사람이라도 결혼한 지 오래되고 신선한 느낌이 사라지면 밖에서 새로운 감정을 찾으려는 딴 마음이 생길 가능성이 많다.

　그들의 아내로서 그들이 새로운 이성의 울타리에 갇혀 나오지 못하는 것을 보면 무척 마음이 아플 것이다.

　사람은 살면서 누구나 실수할 때가 있다. 특히 이럴 때에는 비록 그가 당신에게 용서하기 어려운 잘못을 했다 해도 당신이 정성과 사랑으로 그를 도와준다면 그는 당신 곁을 떠나지 않을 것이다.

　사실 이럴 땐 당신만 마음이 아픈 것이 아니라 그의 마음도 편치 않다. 그래서 *당신은 우선 상대방 마음의 압박을 덜어줘야 한다.*

　모든 일은 미리 예방하는 것이 현명하다.

　남성들이 다른 여자가 생겼을 때 하는 언행은 보통 다음과 같다.

　당신이 신경을 쓰지 않을 때나 집에 없을 때 낯선 사람과 자주 비밀 통화를 한다. 그리고 일부러 목소리를 낮추고 말도 확실하게 하지 않는다.

　그는 어떤 때 당신에게 아주 부드럽게 잘해 준다. 그의 이런 행동들은 당신의 느낌에는 하나도 자연스럽지 않고 무엇 때문에 그런 행동을 하는지 이유도 찾을 수 없다. 사실 그는 이런 방식으로 *자신의 죄스러운 심리를 대신하는 것이다.* 어떤 때에는 갑자기 기분이 아주 나쁘고 우울하게 보인다.

　평소에 그는 옷에 대해 신경을 하나도 안 쓰는 사람인데 갑자기 혼자 백화점에서 티셔츠나 바지, 새 구두 같은 것을 사오는 등 신경을 많이 써서 자신을 멋지고 젊어 보이게 꾸민다.

　외출하는 횟수가 많아지고 집으로 돌아올 때는 기분이 아주 좋게 보이며, 당신에게는 자신이 왜 기분 좋은지를 설명하려 하지 않을 때 당신은 그를 잘 관찰해야 한다.

귀여운 여자라는 말보다 지혜로운 여자라는 말을 듣고 싶다

결혼한 지 오래되고 신선한 느낌이 사
라지면 밖에서 새로운 감정을 찾으려는
딴 마음이 생길 가능성이 많다.

그는 가끔 묵묵히 혼자 방 한구석에서 무엇을 생각하고 있고,
때로는 정신을 차리지 못해서 당신이 하는 말을 하나도 듣지
않고 반응이 없을 때 역시 주의해서 살펴야 한다.

애정의 바다에 풍랑이 몰아치면

애정의 바다에 풍랑이 일어날 수도 있다. 어느 한쪽이 갑자기 헤어지자고 말할 때 버림을 받는 쪽은 아마 아주 놀랍고, 도대체 무슨 일 때문에 사랑이 이렇게 끝나는가를 모르겠다고 생각할 것이다. 그러나 사실은 일상생활에 벌써 그런 징조가 나타났는데도 당신이 신경을 쓰지 않아 몰랐을 뿐이다.

다음과 같은 경우라면 당신은 조심해야 한다.

◈ 당신이 상대방을 기다릴 때나 퇴근해서 집에 들어갈 때 항상 불안하게 느낀다. 그리고 누가 조금만 신경을 건드리면 화가 날 것 같고, 밤에 기분이 안 좋고 우울하다.

◈ 상대방이 아주 재미있는 단어 하나로 당신을 비유할 때 당신은 그가 일부러 자기를 놀리고 비웃는 것이 아닌가 의심스럽다.

◈ 상대방과 한 번 싸우고 나면 항상 감정이 깨질까 걱정이 된다.

◈ 친구들 앞에서 당신은 상대방을 장난감처럼 대하고 싶어

귀여운 여자라는 말보다 지혜로운 여자라는 말을 듣고 싶다

하는 경향이 있다.

◈ 상대방과 어떤 대화를 나눌 때 당신은 화제를 빨리 다른 쪽으로 바꾼다. 상대방이 당신의 화제에 대해 별 관심이 없는 것처럼 보이기 때문이다.

◈ 상대방이 다른 이성과 감정을 나눌 징조를 잡게 되면 당신은 그에게 벌을 주기보다는 먼저 삼각관계를 만들 생각부터 한다.

◈ 상대방이 당신에게 무슨 선물을 사주면 당신은 바로 '혹시 그가 나에게 어떤 잘못된 일을 했기 때문에 스스로 양심이 찔려서 이렇게 행동하는 것이 아닌가?' 하고 의심한다.

◈ 상대방과 싸웠을 때 풀고 자는 것이 아니라 항상 풀지 않은 채로 며칠 동안을 불편하게 지낸다.

◈ 상대방이 자신을 실망시키거나 속상하게 만들면 둘이 함께 문제를 해결하거나 가장 친한 친구에게 도움을 청해서 풀어달라는 것이 아니라, 알 만한 모든 사람들에게 상대방의 단점이나 잘못을 이야기하고 다닌다.

세대에 따라 사랑하는 방법도 다르다

나이가 점점 들어감에 따라 남자나 여자나 심리적으로도 다른 변화를 경험하게 된다.

그 중에 현실을 정면으로 대할 수 있고, *자신과는 다른 나이의 표현과 행위를 용납할 수 있는 사람들이라면* 그들은 영원히 지혜롭고 즐거운 사람이 될 수 있다.

다음과 같은 것들은 무시할 수 없는 사람의 일반적인 심리현상들이다.

소년시절부터 20대까지 사람들은 모두 기분의 지배를 받기 쉽다. 때로는 답답하고 생활은 완전히 엉망인 것 같고, '주는 것이 받는 것보다 행복하다'라는 진리를 잊은 채 단지 받을 권리만을 요구하고 의무에 대해 별로 신경을 쓰지 않는다.

30대가 되면 보통 여성들은 화를 잘 내고 인내심이 부족해진다. 이런 현상은 아마 여자들이 자녀를 양육해야 하는 것과 관련이 있을 것이다.

그러나 이와 반대로 남성들은 점점 더 매력적이고 의식적으

귀여운 여자라는 말보다 지혜로운 여자라는 말을 듣고 싶다

나이가 점점 들어감에 따라 남자나 여자나 심리적으로도 다른 변화를 경험하게 된다.

로도 성숙해진다.

40대 전까지는 사람들이 새로운 현상과 의식에 수용하는 태도를 보이지만, 그들은 자신의 생활이 어떤지를 알아서 자신만의 독립적인 개성을 키우며 젊은 시절의 방황과 막막함을 극복한다.

사람에게 있어 *40대는 남자 여자 할것없이 모두 자신의 외모나 체력에 대해 점점 자신감을 잃어가는 시기이다.*

이럴 때 총명한 사람이라면 인생의 경험과 지혜를 쌓아가고 내면적인 수양을 하는 데 자신의 신경을 전부 쏟아부을 것이다.

중년이 되면 두 사람의 세계에서 벗어나 부부가 각자 자신의 생활범위를 확대하고 새로운 친구를 사귀거나 적극적으로 사교활동에 참여하게 된다.

50대가 된 여성들은 자신의 남편에 대해 불만이 많아진다. 그리고 많이 다투게 된다. 그러나 자식들이 하나같이 모두 새로운 가정을 마련해서 각자의 인생을 독립적으로 꾸려나가면

총명한 사람이라면 인생의 경험과 지혜를 쌓아가고 내면적인 수양을 하는 데 자신의 신경을 전부 쏟아부을 것이다.

노부부의 감정은 다시 회복되고 함께 의지하면서 말년을 보내게 된다.

60세가 넘으면 남성이나 여성이나 죽음에 대해 두려운 느낌을 갖게 된다. 그리고 항상 추억에 빠져 외롭고 쓸쓸함을 느끼게 된다. 그래서 이야기를 나누고 서로 위로해 줄 수 있는 사람을 필요로 한다.

만약 이때 어느 한쪽이 먼저 죽게 되면 나머지 한쪽은 무척 외로워한다.

그래서 *자식으로서 이런 세대의 부모 마음을 알아주고 외롭지 않게 신경 써주는 것이 그들에게 정신적으로 큰 위로가 된다.*

귀여운 여자라는 말보다 지혜로운 여자라는 말을 듣고 싶다

부부 사이에는 로맨스가 최고예요

결혼은 연애의 무덤이라든가, 일단 결혼을 했다 하면 낭만은 끝난 것이라는 등의 많은 입소문 때문에 젊은 남녀들 중에는 결혼에 대해 막연한 두려움을 가지고 그 결정을 망설이게 되는 경우가 의외로 많이 있다.

그러나 사실 *부부간의 도리를 아는 사람들에겐 결혼이야말로 아름다운 삶의 시작이고, 사랑하는 사람과의 애정이 넓어지고 깊어지는 길이라고 생각한다.*

다음과 같은 몇 가지는 낭만적인 결혼생활을 원하는 연인들에게 도움을 줄 것이다.

◇ 일부러 자신이 결혼을 한 남편이나 아내라고 의식적으로 생각하거나 행동하지 말라. 결혼을 했더라도 연애할 때의 느낌을 그대로 유지할 줄 아는 사람이야말로 결혼생활의 진정한 달콤함을 즐길 수 있다.

가끔은 일상적으로 반복되는 평범한 생활에서 벗어나 배우자와 함께 특별한 변화를 가지도록 하라. 부부가 함께 외식을 즐

부부간의 도리를 아는 사람들에겐 결혼이야말로 아름다운 삶의 시작이고, 사랑하는 사람과의 애정이 넓어지고 깊어지는 길이라고 생각한다.

기는 것도 그 한 가지 방법이다. 비록 포장마차나 작은 식당에서 아주 싼 음식을 먹어도 낭만적이고 재미가 느껴질 것이다.

휴일에는 근교로 나가 집에서 싸온 도시락으로 식사하는 것도 생활에 활력을 불어넣어 준다.

◈ 자기가 모은 돈으로 자기와 한 침대를 쓰는 사람이 좋아할 선물을 사주는 것도 부부 감정 유지에 효과적인 방법이다. 이런 물건을 사는 데는 좀 사치를 부려도 상관 없다.

물론 사회적인 일도 중요하지만, 가정생활의 아름다움이 흘러넘치고 행복할 수 있는지는 그런 일을 포함하여 모두 자신의 손에 달려 있다. *일 때문에 가정생활을 소홀히 한다면 얻는 것보다 잃는 것이 더 많을 수 있다.*

이와 같은 낭만적인 생활이야말로 결혼생활에 꼭 필요한 요소이다. 그러므로 결혼 후의 안락감 때문에 설사 낭만적인 분위기를 만들기가 좀 귀찮더라도 그런 기회를 지나쳐서는 안 된다.

◈ 상대방 모르게 그가 놀랄 수 있는 일을 한번 만들어 본다.

귀여운 여자라는 말보다 지혜로운 여자라는 말을 듣고 싶다

사회적인 일도 중요하지만, 가정생활의 아름다움이 흘러넘치고 행복할 수 있는지는 그런 일을 포함하여 모두 자신의 손에 달려 있다.

여행 티켓을 예약해서 상대방과 함께 평생 동안 잊지 못할 휴가를 마련하는 것도 좋은 방법이 된다.

또 아무리 바쁘다고 해도 특별한 날엔 신경을 좀 써서 우편을 통하여 상대방에게 카드를 보내 본다. 거기에 짧지만 축하의 메시지와 함께 당신의 희망사항 등을 써서 보내는 것도 좋다.

◈ 만약 둘이 싸웠다면 연애시절처럼 상대방에게 사랑과 원망을 담은 편지를 써서 그가 잘 볼 수 있는 곳에 놔둔다. 그렇게 하면 상대방은 감동하여 당신을 다시 사랑스럽게 볼 것이며, 당신에게 미안한 생각을 가질 것이다.

◈ 결혼생활이 지겹고, 예전과 같이 서로를 아끼지 않고 싸우게 될 때에는 결혼 전에 쓴 일기장과 편지들을 다시 꺼내 본다. 그리고 예전의 달콤했던 사랑을 추억하기보다는 그때에 한순간이라도 상대방을 잃을까 조바심하며 상대방을 아껴주던 심정을 다시 한번 느껴보는 것이다. 그러면 지금 이렇게 힘들게라도 함께 살게 된 것이 귀한 줄 알고 상대방을 더욱 아끼게 될 것이다.

탄생일로 알 수 있는 사랑 유형

1일 위험한 연애에는 어울리지 않으므로 플레이보이는 피하는 것이 현명하다. 광채를 발휘하는 다이아몬드처럼 매력적이기 때문에, 그 매력을 알아주고 끌어내 줄 남성이 좋다.

2일 말솜씨가 서툴러 가슴속의 것을 확실히 밝히지 못할 때는 눈물이 앞선다. 상대방의 접근도가 강렬하면 약해지기 쉬우며, 싫다는 소리를 못하기 때문에 삼각관계에 빠지기 쉽다.

3일 외모가 화려한 미녀이다. 묵묵한 남성에게 이끌려 당신이 적극적인 태도를 취한다. 해보려는 의욕이 강하고 주위의 반대에는 귀기울이지 않는다. 연애중에도 가끔 냉정해질 필요가 있다.

4일 변덕이 심하고, 한 사람과의 연애에 집중하지 못하고 끊임없이 방황한다. 자기중심적인 연애를 하기 쉽다. 그

귀여운 여자라는 말보다 지혜로운 여자라는 말을 듣고 싶다

점이 매력이라는 남성도 많지만 오래 지속되지는 못한다.

5일 환경의 변화로 행운을 잡게 된다. 고향이 아닌 타지에서의 연애가 성공률이 높다. 예컨대 여행길에서 명문가의 아들을 만나는 등 사랑에 충실하고 괴로워하는 스타일로 사랑 때문에 많은 방황을 하게 된다.

6일 결혼 운은 최고다. 보살피는 성격이므로 연하의 남성에게도 호감을 느껴 사랑으로 발전하는 경우가 많다. 사랑의 기회가 많은 편이지만 정에 빠지거나 이성과 헤어진 뒤에 후회하기도 한다.

7일 윤곽이 뚜렷한 서구적인 미인이 많다. 연애 운의 파도가 격렬하다. 화려한 외모 때문에 상대의 오해를 사기도 쉽다. 그런 당신을 사랑하고 이해해 주는 사람은 험난한 고비를 넘겨온 스케일이 큰 남성이다.

8일 천성적으로 끼가 넘쳐 사랑과 인연의 기회가 많다. 소심한 남성은 딱 질색이며 좋고 싫음이 분명한 호탕하고 듬직한 남성에게 이끌린다.

9일 지적인 미인이면서 정도 많고 끼도 있다. 머릿속에서는 항상 지적인 사랑을 그리고 있으면서도 쉽게 목숨을 건 사랑에 빠져 동시에 불륜의 사랑을 하는 등의 연애사건도 종종 있으니 주의해야 한다.

10일 섬세한 면이 있기 때문에 사랑에 쉽게 빠지지 못한다. 상대방에게 비듬이 보인다든가 하는 등 세세한 부분으로 상대방을 평가하므로 스스로 우울해지곤 한다. 신뢰감을 느낄 수 있는 남성에게 리드를 맡기는 것이 좋은 방법이다.

11일 친구덕을 많이 보기에 친구 소개로 좋은 결실을 맺을 가능성이 크다. 동지적인 기분이 서로 통하는 사람

귀여운 여자라는 말보다 지혜로운 여자라는 말을 듣고 싶다

과 어울린다. 우물쭈물하는 남성이나 대담하지 못한 남성은
잘 안 어울린다.

12^일 연애나 결혼에 대한 이해심이 부족하다. 안정보다 변화를 요구하기 때문에 이 점이 남성을 어리둥절하게 하는 매력이 되고 있다. 주위의 눈을 의식하지 말고 자신의 의지를 중요시할 것.

13^일 성적 매력도 있고, 남성에게 꿈을 주고 즐거움을 느끼게 한다. 아무리 열심히 쫓아다니는 사람이 있어도 정에 얽매이는 일은 없다.

14^일 로맨티스트다. 영화의 한 장면이라도 될 만한 자극적인 만남을 꿈꾸기도 한다. 그러나 처음에는 쏘아올린 불꽃처럼 화려하지만 점차 끝이 흐지부지해지기 쉽다. 관계가 나빠지면 다음 사랑을 찾는다.

15일 사랑의 행운도가 가장 높다. 연분이 있는 사람은 엘리트, 실업가이다. 사랑을 단순한 놀이로 생각하는 타입이 아니라 결혼과 연관지어 생각한다.

16일 자기 주장이 강하지 않기 때문에 나이 많은 남성들이 볼 때는 상당히 매력적인 여성이 된다. 열렬한 프로포즈를 받을 암시다. 결혼을 의식하고 사랑을 키우기보다는 연애로 한정시켜 교제하라는 것이 좋다.

17일 천성적으로 화려함을 추구하므로 학교나 직장에서 스타적인 존재다. 너무나 자기도취적인 나머지 자의식 과잉으로 허상을 만드는 경향도 있다. 진실하게 자신을 내보일지 아닐지는 남성에 따라 달라진다.

18일 현실적인 사랑을 하기 쉽다. 남성에게 엔조이 러브의 대상이 될 수도 있는 타입으로 남성에 대해 진지한

귀여운 여자라는 말보다 지혜로운 여자라는 말을 듣고 싶다

면이 없다.

19일 주위에 당신을 노리는 늑대가 득실거린다. 그러나 데이트를 신청하는 사람은 하나같이 마음에 들지 않는 사람뿐이다. 상대에게 자신을 모두 맡기는 형이기 때문에 상대를 잘 선택해야 한다.

20일 충격적인 연애나 운명적인 만남에 약하다. 열매를 맺거나 무너지는 것이 격렬한 게 특징. 격정적이기 때문에 파국 때의 타격도 상당히 크다.

21일 이성관계가 복잡해지기 쉬우므로 주의한다. 사랑도 한 번으로는 결정타가 되지 못하고, 두 번째의 사랑이 행운을 가져온다.

22일 가까이 있는 사람으로부터의 영향으로 자신의 매력이 드러날 타입. 예능계 등 화려한 세계에 있으면 이성 운도 상승한다. 자신이 접근하는 것은 능숙치 못하고 유혹에 약하다.

23일 교제를 시작해 마음이 끌릴 때까지 시간이 걸리는 타입. 사랑의 경험은 풍부해도 늦되는 사람이다. 말이 없으면서도 존재감이 있는 남성에게 마음이 끌려 사랑의 대역전 가능성도 있다.

24일 상대의 마음을 알아채는 기술은 천재적이다. 러브 찬스는 놓치지 않고 교묘한 화술로 남성을 싫증나지 않게 한다. 그러나 놀고 싶어하는 마음이 끓고 있어 혼기를 놓치는 경향도 있다.

귀여운 여자라는 말보다 지혜로운 여자라는 말을 듣고 싶다

25 일 연애에 빠지면 아무것도 손에 잡히지 않는다. 당신에게는 나이 차이가 나는 침착한 남성, 오빠 같은 남성이 어울린다. 또 상대의 가족이나 친구들의 마음을 사로잡는 것도 성공의 비결이다.

26 일 정신적으로는 약간 바람둥이지만 연애에 있어서나 일에 있어서나 푹 빠져 헤어나지 못하는 일이 없고 마이 페이스로 전진한다. 평범한 샐러리맨보다 개성파에게 이끌리기 쉽다.

27 일 자신이 사랑의 주도권을 잡고 있어야 희열을 느끼는 타입. 유니섹스를 느낄 수 있는 남성과 첫 대면에서 사랑의 불꽃을 튕기게 된다. 결혼하면 가사일을 완벽하게 해내는 가정주부형.

28일 때때로 자신을 변신시킬 수 있는 훌륭한 연출가이다. 10대 때는 놀이에 탐닉하는 소녀였지만, 20대에는 남성에게 충실한 귀여운 처녀로 변신한다. 목적을 갖고 자신을 진지하게 채색한다.

29일 성인으로서의 애수 어린 분위기를 지니고 있는 당신을 주위의 남성들이 그대로 내버려둘 리 없다. 그러나 남성 쪽 가족의 반대로 우여곡절 끝에 결혼한다. 희로애락이 극단적으로 나타난다.

30일 주위의 반대를 받으며 사랑을 한다. 위험성이 있는 남성이나 장래가 불투명한 남성을 천성으로 타고난 모성애로 갱생시키고 싶어한다. 아무리 반대를 해도 사랑을 관철시킨다.

귀여운 여자라는 말보다 지혜로운 여자라는 말을 듣고 싶다

31일 미녀·재녀가 많다. 화술이 좋고 서비스 정신도 확실해 남성을 싫증나게 하지 않는다. 매일 데이트 신청이 있을 정도로 인기가 있고, 항상 주목을 받는다.

태어난 달로 풀어보는 당신의 성격

1월 끈기가 있고, 시작한 일은 어떤 고난이 닥쳐와도 끝까지 해내고야 마는 의지가 강하다. 자기 주장을 주위와의 마찰을 일으키지 않고 능숙하게 통과시키는 천부적 재능이 있다. 밝은 성격에 남도 잘 보살피기 때문에 그룹의 리더적 존재이다.

2월 섬세하고 감각적이며 남다른 면이 있다. 새로운 것에 민감하게 반응하고, 생각한 것을 즉시 실행하며 도전정신도 강하다. 끈기가 부족해 이것저것 손을 대기도 하지만 남보다 앞선 분야에서는 독보적인 경지를 펼쳐 보일 수 있다.

3월 온화하고 유연성이 있어서 누구에게나 호감을 준다. 인기 운도 있어서 주위로부터 귀여움을 받지만, 때로는 타인의 기대를 저버리기도 한다.

귀여운 여자라는 말보다 지혜로운 여자라는 말을 듣고 싶다

4월 구속받는 것을 아주 싫어하며 지나치게 자유를 갈구한다. 그러나 의리나 인정이 두텁고, 기대면 거절하지 못하는 스타일이다. 학교나 직장에서도 눈길을 끄는 편.

5월 맑으면서 기쁨이 있고, 지적 센스가 뛰어나 어디를 가더라도 스포트라이트를 받는 인기인이다. 로맨티스트이지만 좋고 싫음이 분명하다. 좋은 것에는 한없이 빠져드는 타입.

6월 외향적이어서 언제나 많은 친구들에게 둘러싸여 있다. 곤란한 사람을 보면 그대로 지나치지 못하는 인정이 있고, 같은 또래나 아랫사람에게는 지지를 받지만 손윗사람에게는 눈엣가시처럼 느껴지기 쉽다. 말하자면 처세에는 능숙하지 못하다.

7월 인내력과 의지가 강하다. 원만한 것을 좋아하고 트러블을 일으킬 요소가 거의 없다. 감수성이 풍부하고 정에 약한 일면도 있다. 특히 괴로운 일이 있어도 남에게 잘 털어놓지 않고 혼자서 처리하려고 하기 때문에 정신적인 압박을 받고 노이로제 상태에 빠질 위험성이 있다.

8월 애정이 풍부하고 의리와 인정이 두텁다. 남과 경쟁을 해도 리더십이 있어, 젊은 시기에 성공하는 일이 많다. 남의 마음을 교묘하게 읽어, 그 사람을 조정하는 능력도 가졌다.

9월 섬세한 감성을 지니고 있으며 다소 신경질적인 면도 보인다. 책임감이 강하고 일에 있어서의 끈기도 남보다 뛰어나다. 다른 사람이 싫어하는 일도 마다 않고 해낸다.

귀여운 여자라는 말보다 지혜로운 여자라는 말을 듣고 싶다

10월 부러울 정도의 사교성에 유머도 풍부하다. 말을 하면 즐거운 웃음이 터져나오고 항상 밝은 분위기를 만든다. 애정이 아주 섬세해 다른 사람이 생각하지 못하는 부분까지 잘 보살펴 준다.

11월 활동가로서, 한번 결정한 것은 도중에 포기하는 일이 전혀 없다. 한 가지 분야를 맡기면 발군의 실천력과 목적 완수 능력으로 남이 만들어 내지 못하는 것까지 만들어 낸다.

12월 성격이 밝고 낙천적이어서 순응성에 있어서는 남에게 뒤지지 않는다. 호기심도 강하기 때문에 뒷일은 생각하지 않고 성급히 행동하기도 한다. 그러나 도가 지나치면 실패하기 쉽다.

사랑방정식 A에서 Z까지

A 수용(Acceptance) : 사람은 누구나 특이한 습관이나 버릇을 갖고 있다. 배우자의 성격을 바꾸려 하지 말고 오히려 개성으로 받아들인다.

B 믿음(Believing) : 믿음은 지속적인 결합을 지켜주는 가장 중요한 요소가 될 수 있다. 배우자를 믿어야 한다.

C 신뢰(Confiding) : 배우자의 의견에 가치를 두도록 한다. 자신의 관심사와 근심거리를 진솔하게 나누면, 서로의 신뢰는 더욱 굳어진다.

D 결정(Decisions) : 중요한 결정일수록 함께 한다. 그러면 둘 다 그 결과에 대해 부분적인 책임을 느끼게 된다.

E 정력(Energy) : 성공적인 결혼은 결코 우연적인 것이 아니다. 그것은 계획적이다. 그때 힘이 필요하다.

귀여운 여자라는 말보다 지혜로운 여자라는 말을 듣고 싶다

F 실패(Failures) : 모든 일이 항상 자신의 계획대로 진행되지는 않는다. 인생의 실망에 대해 함께 극복해 가면, 거리감 없는 한 팀이 될 것이다.

G 주는 것(Giving) : 선물은 비용도 안 들지만, 그 결과는 값을 매길 수 없는 가치를 가지고 있다. 배우자에게는 모든 것을 준다.

H 습관(Habit) : 일상적인 일이나 습관을 함께 깨우치고 개선해 나간다. 더욱 배우자를 사랑하게 될 것이고 왜 사랑에 빠졌는지 깨닫게 될 것이다.

I 성실성(Integrity) : 서로의 주장이나 말을 진지하게 듣는다. 작은 거짓말이나 불신이 심각한 사태를 초래할 수 있음을 잊어서는 안 된다.

J농담(Jokes) : 기지와 해학은 애정에 활력을 불어넣어 주는 요소이다. 자신들만이 공유할 수 있는 특별한 농담을 갖는다.

K키스(Kissing) : 항상 사랑스런 키스로 서로를 맞이한다. 특히 매일 아침 키스로 시작해서 밤 키스로 일과를 끝맺도록.

L대화(Listening) : 서로의 관심사를 매일 얘기할 수 있도록 시간을 할애한다. 언제나 자신이 곁에 있음을 배우자가 알도록 한다.

M실수(Mistakes) : 누구도 완전하지는 못하다. 자신의 잘못된 부분을 말하거나 보이는 데 부끄러워하지 않아야 한다.

귀여운 여자라는 말보다 지혜로운 여자라는 말을 듣고 싶다

N 요구(Needs) : 배우자의 특별한 요구를 알고 존중하며, 그것들에 대해 얘기한다. 약간의 프라이버시를 유지하면서 사랑을 키워간다.

O 목적(Objectives) : 자신의 처지에 맞춰 장기적인 목적과 단기적인 목적을 가져야 한다. 자신의 목적을 함께 달성할 수 있도록 노력한다.

P 놀이(Play) : 최소한 일주일에 한 번은 즐거운 놀이를 한다.

Q 성급함(Quickness) : 결혼에 있어서는 어떤 것도 성급해서는 안 된다. 상대방의 행동에 대해서 성급한 판단은 금물이다.

R 보상(Rewards) : 행복한 결혼의 보상을 생각한다. 자신은 어떤 상황에서도 곁에 있을 최고의 친구, 일생의 반려자를 얻게 되는 것이다.

S 맛(Savoring) : 결혼생활이 주는 즐거움을 맛보고 모든 장애물을 극복한다. '사소한 것들'을 기억하고 모든 감각을 동원해 인생을 경험한다.

T 접촉(Touching) : 애무, 포옹, 마사지 등을 아껴서는 안 된다. 배우자의 몸 구석구석을 알고, 어떻게 반응하는가를 알아야 한다.

U 불확실성(Uncertainty) : 때때로 배우자가 당신을 진정으로 사랑하는지 의심할 수도 있다. 의심은 정상적인 것이고, 사랑이 강하다면 의심은 자연 없어지게 될 것이다.

귀여운 여자라는 말보다 지혜로운 여자라는 말을 듣고 싶다

V 다양성(Variety) : 새로운 흥미거리, 새로운 목표에 도달
하라. 잠시 동안 둘다 희한한 일을 해보라. 더욱 가깝게
될 것이다.

W 희망(Wishing) : 희망은 무언가 일어나기를 기대하는
꿈이다. 자신의 비밀스런 희망을 배우자와 함께 하고
그의 희망도 알아본다.

X 운동(Exercise) : 둘만의 스포츠를 갖든지 함께 헬스클
럽에 가든지 한다. 건강과 행복을 오래 지속할 수 있을
것이다.

Y 당신 자신(Yourself) : 자신의 개인적인 요구가 무시되어
서는 안 된다. 밖에서 취미활동을 하고 친구도 사귀어
라.

Z 쿨쿨(Z--Z--) : 행복한 결혼생활을 하는 사람에게 잠은 그 자체가 행복이다. 수면은 평화로운 행복에서 필수적 인 요소이다.

귀여운 여자라는 말보다 지혜로운 여자라는 말을 듣고 싶다

차밍 레이디가 되어보세요

1) *타인이 본 당신의 이미지와 스스로 생각하고 있는 이미지와 다를 때가 많다.* 친구들에게 보통때의 당신의 모습을 전해 듣거나, 카세트 테이프에 친구들과의 대화를 녹음해 두어 자기 자신을 객관적으로 관찰한다. 결점이나 차밍 포인트가 막연히 머리에서 생각할 때보다 확실해진다.

2) *행동 하나하나가 어딘지 기품이 있어 보인다* --- 이런 사람은 대개 자세가 아름답다. 아름다운 자세는 우선 올바른 자세로 서는 것에서부터 시작한다. ①턱을 잡아당기고 ②어깨의 힘을 빼고 ③무릎과 발꿈치를 맞붙인다. 이것이 똑바로 서는 포즈. 클래식 발레의 가장 기본적인 포즈이기도 하다.

3) 지하철 플랫폼에서 전철을 놓치지 않으려고 *헐레벌떡 뛰는 모습은 우아한 여성과는 거리가 멀다.* 아무리 멋쟁이라도 단숨에 매력이 사라져버린다. 뛰어다니는 일이 없도록 시간적인 여유를 갖고 행동하는 것도 '차밍 레이디'의 조건이다.

사람을 사랑한다는 것 309

4) *텔레비전은 재미있기는 해도 자칫하면 해가 될 수 있다.* 매일 평균 3시간 이상 보고 있다면 확실히 당신은 내실이 없는 인간으로 되어버릴 것이다. '볼 것도 없는데 그냥 보고 있다'는 것이 가장 나쁘다. 보고 싶은 프로그램 외에는 보지 않는다는 결심을 한다.

5) *아침식사는 든든히 먹어두자.* 아침을 거르는 다이어트는 역효과이며, 만약 성공했더라도 매력적인 방법이라고는 할 수 없다. 독신 여성이라면 크래커나 빵, 우유 등 간식을 항상 준비해 두면 가벼운 스낵으로 편리하다.

6) *타성에 젖어 항상 똑같은 화장을 하고 있지는 않은지.* 그 날의 피부 컨디션에 따라 메이크업도 변화를 주어 본다. 근무 중일 때는 피부의 주근깨 등이 살짝 비쳐보일 정도의 옅은 화장이 참하게 보인다.

귀여운 여자라는 말보다 지혜로운 여자라는 말을 듣고 싶다

7) *얼굴의 솜털 대책*. 솜털을 밀어내고 눈썹을 다듬으면 얼굴 전체가 밝고 말쑥해 보인다. 화장도 잘 받는다. 눈썹을 너무 가늘게 다듬으면 젊은이의 싱싱함이 없어 보이므로 주의한다. 얼굴 면도를 할 때는 무디지 않은 면도날로 털의 방향을 거스르지 않도록 한다.

8) 아침에 머리카락이 뻗치고 부시시한 모양이 마음에 들지 않을 때는 샤워로 적신 뒤 드라이어를 하도록 한다. 짧은 머리는 마른 상태에서 헤어로숀을 바르면 차분해진다. *샴푸를 한 뒤 말리기만 해도 모양이 잡히는 심플한 머리 스타일이 좋다.*

9) 매일 아침, 입을 옷 걱정 때문에 지각하는 일은 없는지. 전날 밤, 잠들기 전에 옷을 미리 준비해 둔다. 휴일일 때 일주일 단위라든가 전체적인 코디네이트 안을 작성해 두면 편리하다.

10) *일을 할 때 가장 눈에 띄는 곳은 손이다.* 손톱은 짧게(손 바닥을 폈을 때 손가락 끝으로 약간 보일 듯 말 듯한 길이) 정리해 야 일도 쉽고 청결감을 느낄 수 있다.

너무 짙은 매니큐어, 벗겨진 매니큐어, 새끼손가락만큼 긴 마 녀풍의 손톱 —— 이런 것들은 남자들에게 혐오감을 준다. 일을 할 때는 내츄럴 컬러의 매니큐어, 파티에는 골드나 블루의 파 격적인 색깔로 변신해 본다.

11) 대낮의 사무실에서는 번쩍번쩍 빛나는 액세서리가 반짝 이지 않는다.
빛이 나는 소재는 역시 밤의 조명 아래에서 보아야 아름답다. 밑으로 늘어져 흔들리는 귀고리보다 귓밥에 밀착하는 디자인 이 사무실에서는 더 잘 어울린다.

12) *입냄새는 자신이 느끼지 못한다.* 이를 잘 닦아야 함은 물

귀여운 여자라는 말보다 지혜로운 여자라는 말을 듣고 싶다

론이려니와 구강액으로 헹구는 습관을 들인다.

또 겨드랑이의 암내나 발냄새도 타인을 불쾌하게 한다. 지한제, 탈취작용이 있는 스프레이를 사용해 보는 것도 좋다.

출근 전에 반드시 냄새에 대한 대책을 점검해 본다.

13) *구두 굽이 닳아 있지는 않은지.* 구두의 원래 굽이 상하지 않도록 자주자주 갈아주어야 한다. 구두 바닥도 너무 지저분하지 않은지 점검을 한다.

14) *핸드백 바닥에 때나 먼지가 끼여 있지는 않은지.* 지갑이나 휴지를 꺼낼 때 그런 부분이 눈에 띄기 쉽다. 또 인형이나 마스코트 따위를 매달고 다니는 여성도 많은데 성숙한 여인으로 보이고 싶으면 즉시 떼어내도록.

15) 귀여운 소품(소지품, 액세서리 등)에 너무 집착하면 '성숙한 여자'가 되기 어렵다. *'미성숙한 귀여움'*은 *'섹시함'*과는 정

반대의 것이다. 어린아이들과 누가 진짜 연애를 할 수 있겠는가.

16) *향수를 뿌릴 때는 싱싱한 그린노트 계열을.* 대표적인 것으로 샤넬 NO.19, 생로랑 리브고슈, 피지 등이 있다. 몸의 앞면(목이나 가슴부분)에 뿌리면 냄새가 너무 진하므로 귀 뒷부분, 소매단, 칼라 있는 곳, 스커트 안쪽 단 등에 뿌리는 것이 효과적이다.

17) 란제리 선택에 별 신경을 쓰지 않는 여성은 겉으로 보아도 그것을 느낄 수 있다. 물론 청결이 제일이지만, 성인이 됐으므로 섹시한 디자인이나 소재에도 신경을 쓸 것. 좋은 란제리를 몸에 걸치고 있으면 자연히 자신감도 생기게 된다.

18) 상대의 말에 "네" "그래요" "정말이에요" 이렇게만 응답한다면 서로 대화가 부드럽게 이루어지지 않는다. 그렇다고 요즘

귀여운 여자라는 말보다 지혜로운 여자라는 말을 듣고 싶다

유행하는 말들을 자주 섞어가며 장황하게 늘어놓는 것 역시 세련되지 못한 태도이다.

19) 일류 레스토랑에서 식사를 할 때면, 음료로 주스를 주문하는 여성들이 많다. 달콤한 주스는 요리맛을 제대로 알지 못하게 한다. 마치 유치원생과 같은 미각의 소유자로 오인받기 쉽다.

20) 젓가락을 제대로 쥐지 못하는 사람들이 늘어가고 있다. 변칙적인 방법으로는 아무래도 음식이 잘 집히지 않는다. 지금이라도 늦지 않으니 올바로 쥐는 방법을 연습해 본다.

21) *차를 잘 끓이는 여성이 되자.* 홍차, 커피, 인삼차, 생강차 등…… 각각 차맛을 최대로 살릴 수 있는 방법을 연구한다. 찻물의 온도나 양, 재료를 넣는 타이밍 등. 티 타임은 자신을 되찾고 마음을 해방시키는 귀중한 한때이다.

22) 항상 곁에 누가 있지 않으면 불안한 사람, 혼자가 되면 고독해지는 사람, 친구들과 팔짱을 끼고 걷는 것을 좋아하는 사람, 좋아하지 않는 친구라도 없는 것보다 있는 것이 좋다는 사람…… 이런 *여성은 언제까지고 진정한 성인이 되지 못한 다. 혼자서도 자신을 즐길 줄 알아야 한다.*

23) 목욕을 좋아하자. 피로를 풀고 푹 자고 싶을 때는 따뜻한 물에서 천천히 쉰다. 목욕 후에 일을 해야 하거나 만날 사람이 있을 때는 뜨거운 물에서 재빨리 끝낸다.

24) 한 권의 책을 읽고 감동한 나머지 밤을 꼬박 세운다. 이런 여성은 '좋은 여자'라 할 수 있다. 책이나 레코드 또는 영화, *스쳐 지나가는 하나의 풍경을 보고도 큰 감동을 느낄 수 있는 사람이라면 분명히 매력적인 여성일 것이다.*

25) '나는 이런 사람'이라고 자신을 틀에 집어넣어 생각하고

귀여운 여자라는 말보다 지혜로운 여자라는 말을 듣고 싶다

있지는 않은지? 스스로 자신의 본심을 알지 못하게 되는 경우는 없는지? 자기 세계를 완고하게 지키려는 것은 자기에 대해 자신이 없다는 것을 보여주는 것이다.

여러 사람을 만나보고 매일매일의 신선한 쇼크를 받아들이려는 *유연한 정신이 당신을 훨씬 생동감있게 만들어 준다.*

26) 가난한 생활을 두려워하지 않고, 그러면서 사치에 대한 즐거움도 충분히 알고 있는 여성. 이런 여성이 바로 '차밍 레이디'이다.

비싸고 고급스러운 백을 들고 해외여행하는 것만이 사치가 아니다. 돈도 없으면서 좋아하는 꽃을 사는, 그런 바보 같은 행동을 반성하면서도 꽃을 보면 마음 뿌듯해진다.

이것이야말로 진짜 사치가 아닌 진정 삶의 멋을 아는 멋진 여성이다.

여기......
가슴 설레이는
아름다운 만남이 있습니다.
'어린 왕자'와의 만남
 잃어버린 한 조각의 만남
 잃어버린 한 조각 나를 찾아서의 만남
 아낌없이 주는 나무와의 만남
'꽃들에게 희망을 주는 나비와의 만남
그리고
아낌없이 주는 나무는
사랑을 말해 줍니다.
마지막 남은 사과나무의 밑둥치는
늙은 소년의 보금자리이며
사랑의 뿌리 입니다.

잃어버린 한 조각은
서로의 존재에 대한 사랑입니다.
서로의 존재가 아름 답게 느껴 질때
당신은 진정, 나의 잃어버린 한 조각
입니다.
잃어버린 한 조각 나를 찾아서는
홀로서기 입니다.
때론 사랑이 힘들때, 홀로서기가
필요할 때가 있죠. 내 안에 있는
나를 사랑해 보세요.
꽃들에게 희망을 주는 나비는
작은 애벌레의 성장을 통해서
겪는 우리들의 이야기 입니다.
어린 왕자를 사랑하는 모든 사람들
그리고
사랑하는 내 친구 어린 왕자에게
선영 마이북을 드립니다!
행복하세요.

조·선·왕·조·실·록·에·의·한

새롭게 꾸민

왕비열전

조선왕조역대 왕비들의 파란만장한 삶의 이야기

"조선왕조 500년 동안 멸명했던 27명의 제왕들과 44명의 왕비, 그리고 수많은
후궁이 빚어낸 파란만장한 삶의 이야기를 통해 어제와 오늘의 많은 것을 일깨워
줄 것이며, 조선왕조의 역사를 이해 하는데 큰 도움이 될 것이다."

"중·고생이면 꼭 읽어야 할 조선 왕조 실록 필독서"

임중웅 지음 416면/ 값12,000원